ANA PAULA LISBOA CRISTHIANO AGUIAR FABIANE GUIMARÃES JOSÉ FALERO TANTO TUPIASSU

ÁRIDO

HISTÓRIAS DE OUTRAS VIDAS SECAS

Rocco

Copyright © 2024 *by* Ana Paula Lisboa, Cristhiano Aguiar, Fabiane Guimarães, José Falero, Tanto Tupiassu

Ilustrações: Gessica Ferreira

Concepção: Ana Lima

Imagem de abertura de parte: FreePik

Direitos desta edição reservados à
EDITORA ROCCO LTDA.
Rua Evaristo da Veiga, 65 – 11º andar
Passeio Corporate – Torre 1
20031-040 – Rio de Janeiro – RJ
Tel.: (21) 3525-2000 – Fax: (21) 3525-2001
rocco@rocco.com.br|www.rocco.com.br

Printed in Brazil/Impresso no Brasil

Preparação de originais
ROBERTO JANNARELLI

CIP-BRASIL. CATALOGAÇÃO NA PUBLICAÇÃO
SINDICATO NACIONAL DOS EDITORES DE LIVROS, RJ

A745

Árido : histórias de outras vidas secas / Ana Paula Lisboa ... [et al.] ; ilustração Gessica Ferreira. - 1. ed. - Rio de Janeiro : Rocco, 2024.

ISBN 978-65-5532-487-7
ISBN 978-65-5595-309-1 (recurso eletrônico)

1. Ficção brasileira. I. Lisboa, Ana Paula. II. Ferreira, Gessica.

24-93396

CDD: 869.3
CDU: 82-3(81)

Meri Gleice Rodrigues de Souza - Bibliotecária - CRB-7/6439

SUMÁRIO

Fabiane Guimarães
    OS PIONEIROS   5

José Falero
    A CAMPANHA   23

Tanto Tupiassu
    A CHUVA LENTA   41

Ana Paula Lisboa
    O MENINO MAIS NOVO   71

Cristhiano Aguiar
    O SÍTIO RUIM   83

OS PIONEIROS
Fabiane Guimarães

"Antes de olhar o céu, já sabia que ele estava negro num lado, cor de sangue no outro, e ia tornar-se profundamente azul. Estremeceu como se descobrisse uma coisa muito ruim."

Graciliano Ramos, *Vidas secas*

O POVO QUE LIA CAVERNAS chegou nas primeiras horas da manhã. Fátima passou a madrugada à espera, perguntando-se com quem precisaria dividir as intimidades. Estava animada. Durante a semana aprontou a casa, lavou o chiqueiro, botou fogo no lixo, mas ainda faltava arrancar as aranhas — a essa altura eram tantas que forravam o telhado de algodão. Fez questão de lavar na mão as mantas e os poucos lençóis esgarçados que ainda guardava no armário. Quando o filho telefonou, ela revelou sua aflição por não ter camas. *Não se preocupe com isso, mãe,* ele respondeu. *Eles se viram, não vão incomodar a senhora.* Joel não entendia, porque não vinha há dezenove meses, mas às vezes ela queria ser um pouco incomodada.

Foi com ele que entraram em contato para pedir a autorização da visita, apesar de morar em Brasília desde rapaz. Agora que ela estava velha, tão velha a ponto de perder todos os dentes, também se classificava como invisível.

— E vão fazer o que aqui mesmo? — perguntou, no domingo anterior, quando Joel ligou. Ele sempre ligava antes do Fantástico, e ela sempre esperava, com o celular pequeno e quadrado espremido perto do coração.

— Já falei, mãe. — Ele suspirou. — Vão estudar a gruta.
— Mas o que tem pra estudar lá?
— As paredes. Os desenhos. Sei lá.

Fátima fazia que não, mas estava contente por alguém se interessar. Sempre soube que a gruta era um lugar especial. Quando criança, deslizava pelo buraco quase todos os dias. Atravessava o descampado com passadas largas para espantar as cobras, contornava o riacho grande e descia o paredão bem devagarzinho, tomando cuidado para não arranhar a mão nas pedras. Lá embaixo, o ar era gelado, limpo feito vidro, e até os passarinhos desciam do céu para fazer uma visita. O avô de Fatinha dizia que a gruta era úmida e silenciosa como a boca de Deus. Sempre que entrava, ela fazia o sinal da cruz, porque era preciso ter respeito pelas coisas antigas e incompreensíveis, e porque não queria acabar sendo engolida.

Fátima sabia muito bem que os visitantes estavam vindo pelas paredes. A mata era o umbigo de sua família, o lugar onde o avô tinha nascido, e o bisavô antes dele. A gruta, por sua vez, guardava um outro tipo de eternidade. Logo na entrada era possível perceber os primeiros desenhos, símbolos esquisitos encravados na pedra, uma saudação que talvez fosse direcionada às estrelas, porque em noites de lua cheia batia certinho com a luz. Mais para o fundo, no entanto, é que estavam concentrados os melhores registros. Em tinta vermelha como barro, homenzinhos com lanças e mulheres de tetas gordas caçavam bois gigantes, que por sua vez se replicavam, com orelhas ou chifres, até desaparecerem no escuro do tempo. O desenho preferido de Fatinha mostrava uma onça, que ela só sabia que era onça pelas pintinhas no corpo e pelo jeito como arreganhava os dentes, feroz como devia ser a intenção.

Quarta filha entre nove irmãos, Fátima era a única que insistia em perguntar aos pais quem eram os moradores da gruta, se por acaso a família os conhecia. A mãe, quando viva, perdia fácil a paciência. Todos diziam a mesma coisa: que se tratava de um povo antigo, tão antigo que ninguém mais sabia deles, e nunca ninguém saberia. Os irmãos faziam troça. "A doidinha", como ela era conhecida, só porque abraçava galinhas e falava com os cachorros. Gostava da gruta, do silêncio que fazia lá dentro, um silêncio cheio de texturas, tão grande que só podia mesmo ser a língua que Deus falava. Mesmo depois de velha, apesar de as pernas não serem as mesmas, de vez em quando descia e se refrescava no pequeno fio d'água que de alguma forma conseguia correr no chão de pedrinhas. Mas também tomava cuidado. Se passasse muito tempo lá dentro, tinha medo de conseguir ouvir os mortos.

Era na gruta que localizava sua memória de infância mais forte, inclusive, do dia em que desceu à caverna e encontrou o pai ali dentro, muito contrariado. Estranhou. O pai não era homem de apreciar as miudezas da natureza como o avô, era dado a rompantes de nervosia, gostava de ameaçar e falar alto, mas naquele dia, quando viu Fatinha, amoleceu como um caramujo. Ela logo percebeu que ele carregava um facão cheio de sangue e que tinha aos pés um homem grande, que em princípio a menina pensou que estivesse dormindo emborcado, mas depois percebeu que já era um corpo morto. O pai colocou o dedo sobre os lábios, pedindo um silêncio desnecessário, porque Fatinha nunca tinha sido de gritar.

— Ô fia — foi a única coisa que ele disse, e se lembraria para sempre do jeito como inclinou o olhar para o morto, então para ela. — O pai perdeu a cabeça.

Na época, Fátima era muito criança e amava o pai na mesma medida em que tinha medo dele, portanto não fez perguntas, nem mesmo quis saber como ele tinha perdido a cabeça, ou se ainda era capaz de falar. Apenas assentiu, de um jeito seguro e meio bobo — o pai confiava que ela era boba —, e saiu correndo.

Nunca quis saber quem era o homem. Agora que vinha gente visitar a gruta, tantos anos depois que parecia até outra vida, voltava a se lembrar disso e a se perguntar, mas uma pergunta meio vaga, sem urgência de ser preenchida. Não era curiosa. A curiosidade, para gente como ela, não tinha muita serventia. A única certeza era de que o povo que estava chegando vinha de longe e, apesar de saber ler cavernas como ela não sabia ler coisa alguma, sequer os livros, não estavam interessados no pobre homem que morreu. Aqueles ossos nunca seriam cobrados.

* * *

Quando eles embicaram na estradinha principal, ela já estava ali, pronta para abrir a porteira. Vinham em cinco, dentro de um carro enorme. Quatro homens e uma moça. Depois que estacionaram, levantando uma onda de poeira, vieram cumprimentar.

— Tudo bem com a senhora? — o motorista perguntou, um pouquinho alto demais, enquanto apertava sua mão.

Eles se apresentaram e falaram os nomes, dos quais ela não se lembraria nem se fosse jovem. Tinham um sotaque bonito de quem não mastigava palavras, às vezes porque conheciam do que eram feitas. Fatinha sentiu um alvoroçar debaixo da pele, enquanto piscava diante daquelas pessoas novas, aquela abundância de vida, e logo se viu tocando os visitantes feito gado para sua cozinha. Tinha feito bolo e café. No meio do caminho atropelou as frases, jorrou coisa demais, o que acontecia quando estava empolgada. Ultimamente se sentia como um cachorro que não vê o dono há muito tempo, exceto que o dono podia ser qualquer pessoa.

Enquanto os visitantes mastigavam o bolo e bebiam o café, agradecendo e elogiando o lanche, ela falava. Tinha noção que estava falando só porque o queixo mexia, porque a cabeça mesmo não conseguia processar o que dizia. Uma parte dela também pensava *cale a boca, Fatinha, os moços estão jovens e cansados da viagem, eles não têm culpa de você ser tão sozinha.* Mas a língua não obedecia, era quase uma forma de delírio. Uma visita era novidade em um horizonte tão longo de repetições. Ela tinha tanto a contar, tanta expressão guardada, e era raro encontrar ouvidos.

— Vocês vieram para ver a gruta, foi? — perguntou, em algum momento.

— Foi — a moça do grupo respondeu. Era bonita, apesar de tanta tatuagem. — A senhora tem um tesouro e tanto por aqui. Ao longo dos próximos dias vamos tirar umas fotografias, mas pode ficar tranquila que não vamos perturbar.

Com a boca cheia de farelos, os rapazes sorriram, meio sem jeito. A moça sorria um pouco mais fácil. Fátima perguntou se queriam mais café, passaria mais em um minutinho. Agoniados, comentaram que precisavam armar as barracas. *Mas é claro.* Ela não precisava ter se preocupado com a falta de modos ou de camas. *Eles se viram,* mãe.

Fátima avisou que podiam erguer o acampamento onde quisessem ali: hoje em dia a propriedade dela era um pedaço inválido de terra, mas ainda assim havia quem quisesse tomar. Foi lavar as vasilhas, mas ficou de olho na janelinha sobre o fogão à lenha, que oferecia uma vista estratégica do quintal. Depois de matutar um pouco, os visitantes escolheram levantar as barracas debaixo do pé de pequi, longe o suficiente do chiqueiro, mas perto o bastante da casa. Fatinha havia comentado sobre o banheiro externo que, embora não fosse rebocado, escondia uma privada e um chuveiro que podiam usar. A água não era quente. Mas, de qualquer forma, naquela época do ano não fazia frio. Nos últimos tempos — começava a perceber — não fazia mais frio em época alguma.

Ela se ofereceu para levá-los até a gruta após o almoço, ao que eles prontamente aceitaram. Estavam ansiosos para conhecer o objeto de seus estudos.

Desceram a mata juntos. A equipe carregava apenas câmeras fotográficas e alguns cadernos de anotações, seguiu em silêncio, respirando profundo. Apenas Mariana — o nome dela foi o único que Fatinha decorou — respondia às observações que a anfitriã fazia. Parecia cansada e gentil, enquanto os outros sinalizavam um possível desagrado. Talvez por conta do sol, que sempre se apresentava quente e seco demais para intrusos ao deserto, ou dos mosquitos que apareciam em nuvens. Não era mesmo um caminho fácil.

Dentro da caverna, no entanto, voltaram a parecer animados ao encontrar aquela parede que Fatinha conhecia de olhos fechados. Ali começaram a falar muito acelerado, então ela se afastou para deixá-los sozinhos. Queria contar tudo que sabia, sobre como a gruta era diferente à noite, sobre os bichos pousados nas pedras de baixo, não tão fáceis de encontrar ao primeiro olhar, e também sobre a cor que as pinturas ganhavam quando alguém acendia uma fogueira. Queria contar das lâminas de pedra e pequenas lascas de argila que vez ou outra encontrava no chão. Os pesquisadores, contudo, não estavam muito interessados em sua experiência. Eram indiferentes como Joel.

A gruta era antiga, Fátima sabia. O que não sabia era o quanto.

— A gente tem feito um mapeamento dos sítios arqueológicos aqui dessa região. A nossa estimativa é que os habitantes dessa caverna estiveram aqui cerca de oito mil anos atrás — Mariana partilhou, à noite, depois de devolver uma panela intacta de carne de lata com farinha (eram todos vegetarianos).

Oito mil anos.

Fátima não conhecia o tamanho da história e sequer tinha ideia do cálculo preciso dessa imensidão, mas perto dela sentiu-se um acontecimento muito recente, ela e os seus oitenta e nove anos.

* * *

Depois de anos morando sozinha na chácara, era muito bom ter companhia de novo. Os moços acordavam cedo e desciam logo para a gruta, mas ela se apressava e levava sempre uma garrafinha de café, que eles agradeciam com muita educação e depois a dispensavam com os olhos. Quando estavam todos no acampamento, não conseguia resistir ao impulso de subir ao tanque e espiar pela janelinha do fogão à lenha, às vezes ouvindo os pedaços de conversa que chegavam flutuando, sem encontrar o sentido.

Liga o Starlink aí.

Já liguei. Não tá pegando?

Vou tentar de novo.

Os pesquisadores traziam consigo um mundaréu de equipamentos, computadores, maletas, antenas e frascos intermináveis de repelentes. Estavam prontos para ficar uma semana ou mais. Fátima carregava adoração pela gruta, mas às vezes se perguntava por que aquelas almas tão frescas se interessavam pela memória dos mortos. Perguntou a Mariana:

— O que estamos fazendo é muito importante para o país, dona Fátima. Estamos redescobrindo a história.

— E é?

Com os olhos meio espremidos, Mariana começou a falar dos desenhos como quem descreve uma paixão antiga. Dizia que as pinturas da gruta lembravam outras, encravadas em cavernas a milhares de quilômetros, em outros sertões do Brasil, e que era curioso o reconhecimento, sendo que tão pouco se sabia sobre essas primeiras pessoas. Era provável que não tivessem nenhum contato com os contemporâneos, os que viviam nas bordas, por isso as semelhanças eram algo que ainda precisavam decifrar. Ela e os colegas chafurdavam o mistério. Estavam muito contentes por terem encontrado aquele sítio, dizia. Era um ponto de partida para descobertas muito maiores.

Mariana se articulava de um jeito diferente, cheio de classe. Se Deus tivesse lhe concedido a graça de ter uma filha, Fátima pensou, queria que ela nascesse naquele feitio e com aquela inteligência. Uma filha que estudasse cavernas e falasse da importância que sua gente tinha. Talvez assim não carecessem de tantas coisas.

A visita chegaria ao fim em breve. Os pesquisadores sinalizavam que voltariam, mas, por enquanto, a primeira etapa estava quase concluída. Todas as pinturas haviam sido devidamente mapeadas e fotografadas, e os registros serviriam a um arquivo comparativo entre outros trabalhos semelhantes. A datação viria mais tarde, talvez com mais verba e uma equipe maior. Sentados em roda, apreciando o silêncio que irradiava do mato em uma das únicas noites frescas da semana, abriram uma garrafa de vinho, que foram passando de mão em mão. Estavam animados por conhecer as entranhas de um mundo tão primitivo, e felizes porque se julgavam os primeiros.

Fátima, por sua vez, foi antecipando o baque da despedida e pensava em todas as desculpas possíveis para orbitar ao redor das barracas. Com frequência o motivo envolvia um pratinho de rapadura, uns biscoitos de queijo, ou uma térmica reabastecida de café bem doce. Levada em conta, mesmo que não fosse necessária, ela gostava de ficar curiando, de observá-los a uma distância respeitosa, fazendo do grupo um objeto de seu próprio estudo. Nem todos se manifestavam com tanta simpatia a suas tentativas de agradar. Pareciam impacientes e apressados, e ela se perguntava se talvez eles não se saíam melhor falando a língua das pedras do que as dos humanos.

Apesar disso, era dela manifestar carinho, e fazia questão de ser assim. Em uma dessas manhãs em que se esgueirava para fora do acampamento, no entanto, foi ouvindo uns cochichos. Parou e alongou os ouvidos para terminar de escutar.

— Joga logo fora esse café horroroso — um dos rapazes resmungou. — Antes que ela volte.

— Tadinha — Mariana sussurrou.

— Tadinho da gente. Mais uma semana e eu surtava.

Risadas. Cruas, famintas.

— E o fedor? Pelo amor de Deus, acho que essa velha nunca toma banho.

Fátima achava que seu coração estava há tempo demais no mundo para conseguir doer daquele jeito. Voltou para casa no maior silêncio possível e lá permaneceu o restante da noite, ruminando as palavras ouvidas — primeiro com tristeza, e então com ódio. Até surpreendeu-se ao sentir a raiva, não estava mais acostumada, tinha muito pouco convívio com gente para se gastar assim. O sangue, no entanto, logo reaprendeu a ferver. Descobriu que era muito fácil acessar o rancor. O ódio era uma herança de família, e se fechasse os olhos quase ouvia a voz da mãe convocando demônios e a figura do pai arrebentando as mãos nas árvores. Naquela casa sempre se perdiam cabeças. O erro daqueles rapazes era pensar que ela não tinha mais coragem.

Na última manhã dos pesquisadores em campo, Fatinha não passou café. Saiu de madrugada, antes mesmo do sol sair, e foi ao chiqueiro alimentar a leitoa, que estava engordando para vender no Natal. Esperou a bichinha comer, então tirou o cutelo da parede de ferramentas do falecido marido e entrou no chiqueiro, com o passo lento e cauteloso. No passado era mais talentosa, mas agora os braços estavam enfraquecidos, então teria que ser do jeito que desse. Segurou o cutelo com as duas mãos. Acertou quatro ou cinco golpes na corcunda até conseguir derrubar o bicho. Quando terminou, os ouvidos doíam de tanto ouvir os guinchos desolados; os porcos sempre caíam anunciando. Assim que o sangue começou a pretejar o cimento, ela apanhou o balde e recolheu o máximo que pôde. Pediu desculpas à porca, que foi deixada com a cabeça deslocada do corpo e os olhos abertos e secos, ainda espelhando o medo e a confusão de ter morrido aos poucos.

Dentro das barracas, as sombras dos pesquisadores se inquietavam, certeza que tinham ouvido a gritaria. Melhor assim. Fátima passou bem longe deles ao descer a mata com o balde de sangue, sentindo nos braços uma leveza enorme, de pluma seca, apesar do peso e do cheiro forte de metal. Quem visse de longe a figura estropiada e ensanguentada se arrastando pela encosta diria que havia enlouquecido. Quem sabe alguém ainda se preocupasse com ela, mas isso não era um problema, porque ninguém estava lá.

O que ela tinha em comum com os moradores da gruta, pensou, é que também ignorava as distâncias. Possuía uma ignorância bruta, uma ignorância pior do que todas as outras, porque não conseguia defender nem mesmo as coisas que sabia, mas sentia conforto na presença desses habitantes anteriores. Eles também conheciam a solidão, só tinham a sorte de não conseguir nomeá-la. Fátima foi vendo o sol nascer dentro da gruta, como havia feito muitas vezes, e esperou a luz ir se infiltrando devagarzinho, tímida demais para avançar no subterrâneo. Teve um instante de dúvida, que durou quase nada.

Quando o dia se construiu por completo, resolveu seguir adiante com o plano. Começou mergulhando a mão marrom e amarrotada no balde de sangue. Apreciou por um instante a beleza de ter os dedos e as unhas completamente cobertos do líquido ainda morno. Logo mergulhou a outra mão e manteve as duas erguidas diante dos olhos, como se fizesse uma oração. Então se aproximou da parede de calcário, tão especial e valorizada, e deixou ali no meio o próprio carimbo.

Sentiu a carne da pedra sugando o sangue e quase se emocionou com os espíritos que se misturavam. Esforçando-se para cobrir o máximo de área que podia, borrou os animais antigos, deu chifres aos homenzinhos de pedra, e por fim sacramentou sua ousadia atirando com força todo o sangue que restava no balde, fabricando uma cortina de fios que ficaria ali, gotejando pela eternidade. Deu alguns passos para trás e conferiu, satisfeita, o resultado. Tinha deixado marcas suficientes por sua vida inteira. Agora, podia provar que existia.

A CAMPANHA

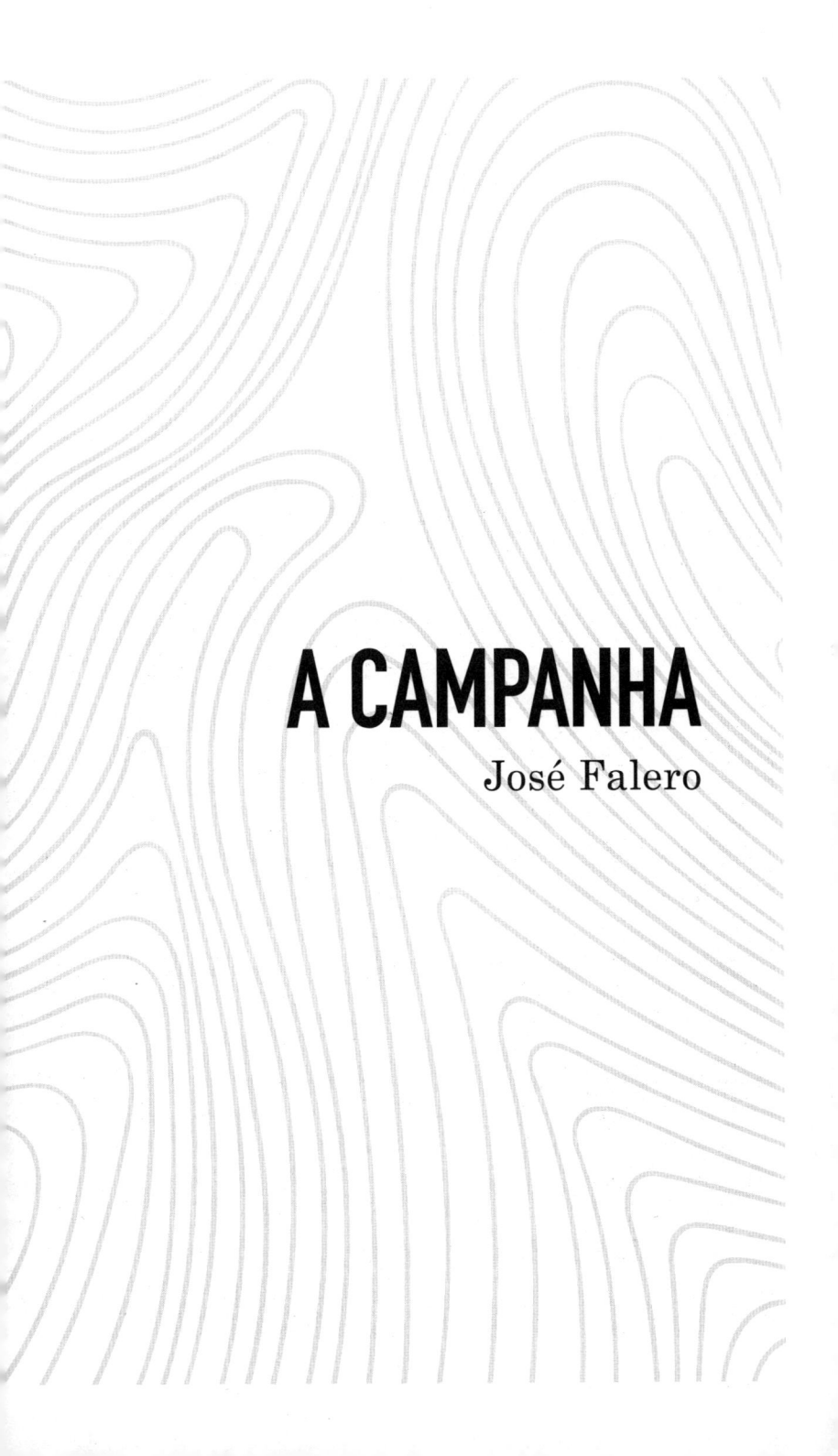

José Falero

"Aquilo é a existência na chama de uma vela, extinta por qualquer sopro! Sem chance diante da fome, da seca, de toda e qualquer enfermidade naquela total falta de recurso... E os urubus à espreita."

Graciliano Ramos, *Vidas secas*

VAMOS SER FRANCOS: ALGO DE bom morreu na província de São Pedro — e morreu já faz muito tempo. Ou talvez nunca tenha vivido, pensando bem. Afinal, depois de tudo, quem seria louco de botar a mão no fogo pela memória já apagada de uma antiga virtude gaúcha? Não seria a primeira mentira a integrar as nossas façanhas.

Mas o que interessa é isso: há qualquer coisa de bom que por aqui não se manifesta no presente e talvez nunca tenha se manifestado no passado. Uma ausência pungente cobre o Rio Grande do Sul inteiro, desde Erechim até Pelotas, de Porto Alegre até Alegrete.

Vejamos o ocorrido em um certo restaurante à beira da BR-472, por exemplo. Embora já passasse das duas da tarde, não eram poucos os viajantes a parar ali para almoçar; nenhum deles, porém, prestou a mínima atenção em Carlitos, que pedia esmolas no estacionamento.

— Tio, me dá uma moeda? Tia, me paga um lanche?

Se um adolescente sujo, faminto e solitário não é fácil de ignorar mesmo nas grandes metrópoles, onde absurdos como esse são cada vez mais comuns, mais difícil ainda é ignorar um adolescente nessas condições à beira de uma estrada, no meio do nada. Como não se perguntar ao menos de onde vinha aquela criatura? Como não se perguntar ao menos quais teriam sido as circunstâncias que conduziram-na a tamanha desgraça? Como não se perguntar ao menos por onde andariam os seus pais?

Mas é justamente disso que somos capazes por aqui, de uma indiferença plena. E um funcionário do restaurante conseguiu ainda mais: enxotou o menino a pontapés quando, cansado de abordar em vão os viajantes lá fora, ele se atreveu a entrar no estabelecimento e ir de mesa em mesa implorando por comida.

— Mas! Te arranca já daqui, piá dos inferno!

Uma vez, o apresentador de um famoso programa de culinária gaúcho teve o desplante de propagandear a fome, enquanto preparava uma receita para lá de sofisticada, dessas muito apreciadas por gente para quem a alimentação há muito já transcendeu a burocracia fisiológica e tornou-se uma espécie de fonte de prazer simbólica, quase uma fruição artística. "A ligeira sensação de vazio é o melhor de todos os temperos", disse ele, "e serve como um lembrete até animador de que logo, logo haverá o tão esperado prazer de comer alguma coisa bem gostosa, como um costelão de doze horas feito no fogo de chão."

Não chego a discordar: de fato, a fome não é tão ruim assim. Ruim, ruim *mesmo* — e isto me parece que o apresentador do programa ignorava por completo — é *não ter a menor perspectiva de saciar a fome.* Isto, sim, é terrível! A cada hora que passa sem que a boca mastigue, mais e mais se revolta o estômago, que a princípio apenas reclama ruidosamente, mas depois começa a espalhar pelo corpo inteiro uma alarmante sensação de fraqueza, ameaçando interromper para sempre o fornecimento de energia. A pessoa logo se torna incapaz de pensar em qualquer coisa que não seja dar um jeito de arranjar comida; entretanto, por mais forte que mentalize os alimentos, nunca é o suficiente.

Não há forma de obtê-los. *Simplesmente não há forma de obtê-los*, e embora isso seja claro, a situação por vezes parece um contrassenso tão grande do ponto de vista do próprio esfomeado que ele chega a duvidar da realidade, acreditando, nesses fugazes instantes de delírio, que *forçosamente deve haver algo de comer ao seu alcance*. Porém, não há. É inútil olhar ao redor, é inútil vasculhar os bolsos: *não há*. Não há o que comer agora, nem haverá o que comer depois, e algo precisa ser feito urgentemente quanto a isso. Entretanto não há o que fazer, e assim tudo vai se tornando desespero.

Pois era desse jeito que Carlitos estava: desesperado de fome. Havia dois dias que não comia nada e, depois de ser expulso do restaurante, recorreu às latas de lixo do lado de fora, mas também essa busca se mostrou infrutífera.

Só lhe restou, então, sentar-se debaixo da árvore próxima ao estacionamento, abraçar os joelhos e esperar: as pessoas que estavam almoçando no estabelecimento, e que viram-no ser enxotado sem dó pelo funcionário, talvez se compadecessem e lhe dessem alguma coisa ao sair. Essa última esperança, no entanto, não demorou a se dissipar, porque os clientes saíam do restaurante, entravam nos seus carros e seguiam viagem pela rodovia, sem nem mesmo dar uma espiada na direção dele.

Desatou a chorar.

O ranho que começou a lhe escorrer copiosamente pelo nariz fê-lo lembrar-se do irmão mais velho, em quem não botava os olhos havia uns dois anos. "Chorar só faz ranho, Carlitos!", costumava lhe dizer Juan. "Tu sabe o que que isso significa, guri? Hein? Significa que chorar não vai resolver os teus *problema*! *El que quiera peces que se moje el culo*! Então tu para de chorar agora mesmo! Tu para de chorar, tu levanta essa cabeça e tu faz o que tu tiver que fazer pra tu ficar bem! As coisa nunca que *cai* do céu, e não importa o quanto tu chora! Entendeu? Seu bostinha de cavalo!" Normalmente o irmão terminava a reprimenda abraçando-o com força e bagunçando-lhe o cabelo.

A recordação atiçou os brios de Carlitos. Como se efetivamente tornasse a escutar, naquele momento, o tão conhecido sermão, cessou o choro na mesma hora e puxou a gola da camisa para enxugar olhos e narinas. Em seguida, ergueu a cabeça e olhou ao redor, determinado. Se preciso fosse, estava até disposto a ir de novo ao restaurante, catar a primeira coisa de comer que visse pela frente e sair correndo, apesar de saber que, caso conseguissem apanhá-lo, o castigo seria cruel.

Mas essa ideia de voltar ao estabelecimento logo foi varrida do seu espírito, porque, de repente, mal podendo acreditar no que via, deu com os olhos numa plantação do que, à distância, lhe pareciam laranjas. Os incontáveis pés despontavam na crista duma colina, a qual erguia-se sobranceira por trás do matagal, do outro lado da BR-472.

No caminho para atravessar a faixa de mato e chegar à elevação, Carlitos caiu numa armadilha da natureza. Em vez de contornar um numeroso grupo de rochas limosas que surgiu-lhe à frente, inventou de atalhar por cima delas, subindo primeiro nas menores e avançando depois para as mais altas, segurando-se nos cipós ao redor, cuidando para não tomar um tombo; por fim, deixou-se resvalar gostosamente na superfície oblíqua da última rocha, como quem desce por um escorregador, e assim, atingindo o solo com velocidade, enfiou quase metade das pernas para dentro dele: havia naquele ponto um tremendo lamaçal, traiçoeiramente oculto debaixo do folhedo caído das árvores.

— *Me cago en la leche!*

Nessa desdita, perdeu para sempre os chinelos e, depois de enorme esforço para sair do atoleiro, teve que seguir descalço, ferindo as solas dos pés em espinhos e gravetos.

Não obstante, pensou consigo mesmo que a pequena aventura valeu a pena: após cruzar o matagal e galgar o declive, ali estava ele, estirado na relva, balançando contente os pés enlameados, namorando a imensidão azul do céu, sentindo no rosto o calor do sol vespertino e, o melhor de tudo, saboreando as suculentas bergamotas (pois eram bergamotas, e não laranjas).

Em determinado momento, quando se pôs de joelhos para colher mais algumas das frutas, entreviu por acaso, através da folhagem da bergamoteira, um par de botas velhas do outro lado, quase invisíveis no meio do capim. A princípio concluiu que haviam sido abandonadas ali por alguém, e até planejou ir verificar se lhe serviam; mas, em seguida percebeu que os calçados, na verdade, estavam em uso naquele preciso instante, pois movimentavam-se num passinho sorrateiro — um passinho de quem tenta se aproximar desapercebidamente.

Alarmado, abaixou-se um pouco e esticou o pescoço para lá e para cá, tentando enxergar melhor por entre as folhas para identificar o dono das botas; logo o seu olhar alinhou-se com uma pequena brecha na vegetação, e então viu boa parte do rosto suado do sujeito brilhando ao sol: era um homem medonho, com os dentes podres arreganhados no sorriso demente de quem está prestes a praticar alguma perversidade. Fazia gestos silenciosos para alguém que o menino, de onde estava, não podia ver, aparentemente ordenando que essa pessoa fosse pelo outro lado para cercá-lo. Sem esperar mais, Carlitos disparou colina abaixo como uma flecha.

Antes de ir parar na rua, Carlitos passou a infância inteira entre Bella Unión e Barra do Quaraí: dois mundos com muito mais diferenças do que a pequena distância que os separava poderia sugerir. Apesar disso, porém, sempre achou ambos os municípios idênticos, tamanha era a força de uma característica que os dois tinham: tanto do lado de lá da fronteira quanto do lado de cá, tanto onde se falava espanhol quanto onde se falava português, não havia meninos negros como ele. Carlitos era sempre o único negro do colégio, o único negro da igreja, o único negro.

Não à toa, quando jogava *Ultimate Mortal Kombat 3* na máquina do fliperama, escolhia sempre Jax, o único personagem negro do jogo. Mas, além da identificação, havia ainda outro motivo para a preferência: Carlitos gostava muito de um golpe no qual Jax agarrava o seu adversário pelo pescoço com uma das mãos e lhe dava diversos socos na cara com a outra. O que empolgava o menino não era a violência do golpe; era o que Jax gritava ao agarrar o seu adversário pelo pescoço: "*Gotcha!*"

Naturalmente, essa expressão em inglês não podia dizer nada a Carlitos; ocorre, porém, que a sua audição infantil, a sua ingenuidade e a sua imaginação não ouviam ou registravam "*Gotcha!*", e sim "*Cá, tchê!*", o que para ele fazia todo o sentido. E foi disso que o menino se lembrou, num átimo, quando ouviu gritarem às suas costas:

— Vem cá, tchê!

— Te acalma, piá!

— É, é, não precisa correr!

— *Me estás tomando el pelo! A otro perro con ese hueso!* — resmungou Carlitos, sem nem pensar em interromper a fuga.

— Ah, mas de bobo ele não tem é nada, né?!

— Tá fugindo!

— Pega ele! Não deixa fugir, não!

— Tu vai ver o que que é bom, piá!

— Corre não que é pior, ladrãozinho!

Eram vários fruticultores, munidos de foices e facões, conforme o menino podia vislumbrar nas olhadas que dava para trás em plena carreira.

A perseguição desdobrou-se por toda a descida e continuou matagal adentro, em direção à estrada. Percebendo a aproximação dos homens às suas costas e calculando que seria alcançado por eles em poucos segundos, Carlitos decidiu abandonar o traçado sinuoso da trilha e mergulhou na massa de árvores e arbustos, galhos se partindo à sua passagem, folhas de gosto amargo invadindo-lhe a boca; franzino, podia se deslocar através daquele emaranhado de obstáculos com muito mais facilidade que os perseguidores barrigudos, e assim começou a deixá-los para trás.

No afã desesperado de escapar, não podia perceber agora e tampouco poderia se lembrar no futuro que avançava tropicando nas raízes das árvores, às vezes caindo e tornando a pôr-se de pé num pulo, com uma agilidade da qual jamais se suspeitara capaz, às vezes agitando braços e pernas desvairadamente para se desvencilhar dos cipós em que se enredava.

Só quando parou para respirar foi que deu-se conta de haver perdido completamente a noção de para qual lado ficava a rodovia; agora tudo ao redor eram folhas e mais folhas, cipós e mais cipós, galhos e mais galhos, todos indistinguíveis uns dos outros. Ofegante, curvou o corpo para a frente, escorando as mãos nos joelhos; fechou os olhos, apurou a audição e tentou captar o som de algum veículo passando. Mas a única coisa que conseguiu ouvir — além das batidas violentas do próprio coração, além do canto dos pássaros e além do farfalhar produzido pela dança da copa das árvores ao vento —, a única coisa que conseguiu ouvir foi as vozes dos fruticultores, que soavam meio confusas à distância. Ao que parecia, eles tinham se espalhado pela mata, de maneira que precisavam se comunicar aos berros.

— Rui, pra que lado que ele foi, tchê?!

— Sei lá eu! Parece até que sumiu!

— Bah, quando achar, tem que dar é de relho nas paleta desse guri!

— Eu vou dar é uns *pranchaço* de facão bem dado no lombo dele, isso sim!

Sem saber o que fazer, Carlitos começou a pensar que talvez não fosse má ideia ficar ali mesmo, bem quietinho, esperando os homens desistirem de procurá-lo. Caso viessem em sua direção e conseguissem pegá-lo, considerou, poderia recorrer a algum discurso súplice para tentar acalmá-los e dissuadi-los das suas intenções malignas. Após alguns instantes de reflexão, concluiu que não tinha plano melhor; avaliou o chão, para certificar-se de que não havia espinhos ou urtigas, por fim deitando-se de bruços exatamente onde estava.

Entrelaçou as mãos debaixo das narinas, fechou os olhos e pôs-se a rezar baixinho, coisa que havia muito tempo não fazia. E a reza, conectando-o de modo intenso e imediato ao mundo imaterial, lhe trouxe uma lembrança da mãe. Mas não uma lembrança boa. Não, não senhor! Não foi dela lhe fazendo cafuné até dormir numa noite fria de agosto que ele se lembrou. O que lhe veio à mente não foi uma das tantas recordações de abraço, de beijo, de colo, de sorriso, de beliscada na bochecha. Nada disso! Lembrou-se foi dessa coisa estúpida e sem sentido que é a morte. Lembrou-se foi da sua mãe fria e imóvel no caixão. Lembrou-se foi de que, quando a viu assim, não foi capaz de fazê-la abrir os olhos e levantar-se, por mais fortemente e por mais repetidas vezes que orasse. Foi disso que se lembrou. Da raiva que sentiu de Deus naquele momento.

A sua fé, porém, não tinha sido destruída. Pelo contrário. Na sua inocência, Carlitos não só acreditava que havia chances de Deus querer ajudá-lo a escapar são e salvo daquele matagal, como supunha que tais chances eram multiplicadas; e pensava assim justamente porque, na sua opinião, Deus — Que tinha decidido levar a sua mãe e Que tinha ignorado as suas mais desesperadas súplicas na terrível ocasião do velório —, Deus estava em débito e lhe devia uma grande graça, um milagre.

De repente, teve outra lembrança da mãe, muito melhor do que a anterior. Ela costumava lhe dizer que, não importa o que aconteça, Deus sempre mostra o melhor caminho às pessoas, sempre diz a elas o que fazer, nos momentos mais difíceis, mas que às vezes as pessoas não prestam atenção e depois pensam que Ele não ajudou. Carlitos interrompeu a reza, abriu os olhos e pensou: será que Deus não estaria, naquele exato momento, tentando ajudá-lo, tentando lhe mostrar o rumo a seguir?

Olhou para o alto e viu incontáveis fragmentos azuis do céu misturados ao verde das igualmente incontáveis folhas das árvores, mas isso não lhe disse nada. Olhou ao redor e viu troncos e raízes que pareciam estar por ali desde os primeiros esboços do mundo, mas tampouco isso lhe pareceu um sinal. Por fim, olhou para o chão e, aí sim, teve a sensação de que Deus lhe comunicava algo. Sentiu que todo o solo estava úmido, embora não chovesse havia muitos dias. E, mais do que isso, pondo-se a engatinhar para lá e para cá, tateando o chão como quem procura algum objeto perdido, logo percebeu que quanto mais ia para a esquerda, mais o terreno se tornava pastoso.

Sem dúvida encontrava-se em algum ponto do mesmo lamaçal onde tinha perdido os chinelos, o que lhe permitiu deduzir o rumo certo para chegar à estrada. Era Deus mostrando o caminho. Era Deus lhe dizendo que ir adiante era melhor do que permanecer ali.

Raciocinando com muito mais clareza após a parada para tomar fôlego e a oração, e como agora sabia que os homens o tinham perdido de vista, Carlitos achou melhor não correr, pois temia que a estralaçada de galhos quebrando denunciasse a sua posição. Seguiu, portanto, lentamente, tentando fazer o mínimo de barulho possível.

Vários minutos depois, quando por fim já escutava o som dos carros e até podia ver, pelas brechas do matagal, o vulto deles passando na BR-472, logo adiante, sentiu um alívio indizível encher-lhe o peito. Igualmente indizível, porém, foi o susto que levou no momento seguinte, quando uma voz áspera se espalhou pelo ar:

— Ei! Tá aqui o piá! Achei! O piá tá aqui, gente, achei! Vem, vem, vem!

Não foi necessário mais do que isso para que o menino se lançasse outra vez em disparada. Mas agora a salvação estava próxima: mais uns poucos metros e se veria fora da mata e bastaria chegar ao restaurante e fazer um escândalo e gritar a plenos pulmões que queriam matá-lo e jogar-se aos pés de alguém e implorar por ajuda!

Qualquer um que visse a maneira desatinada como Carlitos saiu do meio dos arbustos — projetando-se veloz à frente tal qual um cão de corrida e deixando atrás de si um rastro de folhas arrancadas rodopiando no ar —, qualquer um que visse isso poderia jurar que a floresta acabava de cuspi-lo. Tudo aconteceu rápido demais, sem que houvesse tempo para nada, de modo que seria injusto culpar o motorista do carro que terminou por atropelá-lo.

A CAMPANHA

Por um brevíssimo instante, no qual não coube sequer a sensação de susto ou de dor, Carlitos achou que o inesperado impacto fosse um dos seus perseguidores alcançando-o e dando-lhe um encontrão, mas logo entendeu que não devia ser isso, que devia ser coisa muito pior, quando viu o mundo inteiro girar loucamente diante dos seus olhos.

Aterrissou vários metros adiante, sentindo uma estranha dormência tomar-lhe conta do corpo inteiro. Antes de perder a consciência por completo, teve tempo de murmurar as seguintes palavras:

— *Padre nuestro, que estás en el cielo, santificado sea Tu nombre. Venga a nosotros Tu reino, hágase Tu voluntad en la tierra como en el cielo. Danos hoy nuestro pan de cada día, perdona nuestras ofensas, como también nosotros perdonamos a los que nos ofenden. No nos dejes caer en la tentación, y líbranos del mal. Amén.*

Mas Deus, que acabara de ajudá-lo a sair do matagal, agora já não lhe devia mais nada.

A CHUVA LENTA

Tanto Tupiassu

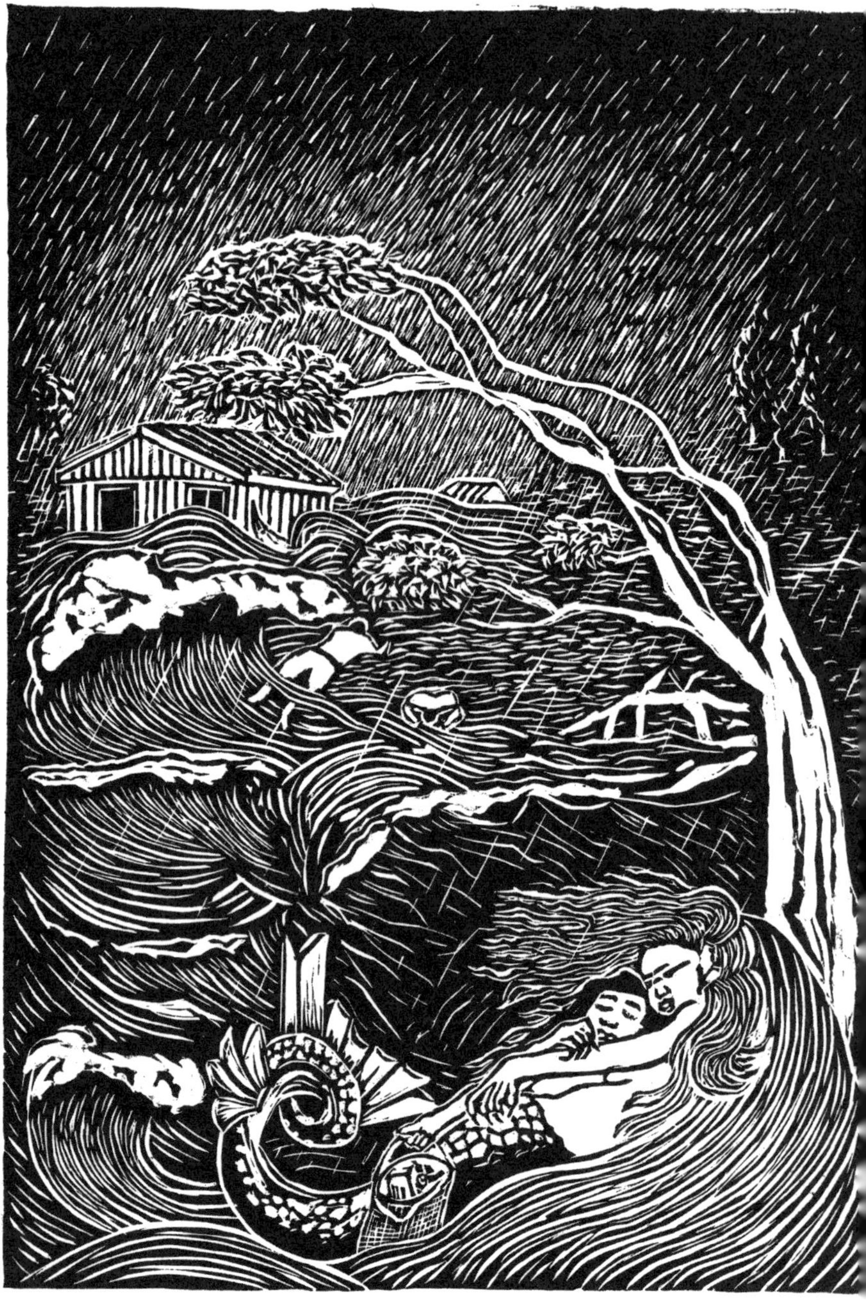

"Mas aquela brutalidade findara de chofre, a chuva caíra, a cabeça da cheia aparecera arrastando troncos e animais mortos. A água tinha subido, alcançado a ladeira, estava com vontade de chegar aos juazeiros no fim do pátio."

Graciliano Ramos, *Vidas secas*

FAZIA DIAS QUE A CHUVA caía lenta em nossas vidas, bem diferente dos torós de final de tarde, que geralmente só chegavam para balançar a existência e iam embora sem se despedir.

Daquela vez, a chuva parecia uma névoa densa que adentrava sem permissão os caminhos de nosso quintal e que se perdia por entre as árvores da margem e além — o mundo coberto por um fino tecido, talvez o filó branco dos mosquiteiros que nos salvavam de ser devorados na época dos carapanãs. Com a chuva e suas incertezas, a vida ficava suspensa, pelo que nos largávamos nas redes ou nas esteiras de vime puídas que nos serviam de cama.

Sentado na varanda, perto da cozinha, Mapará observava o galinheiro atentamente, preocupado com a situação das galinhas que ainda se encontravam a salvo no terreiro cada vez mais empapuçado.

— Já são quantos dias de chuva?
— Acho que começou na quarta — respondeu Mariinha, que passava café novo e, mentalmente, fazia cálculos complexos para lembrar do dia atual.

— Acho que não, Mariinha, porque quando voltei de Béja com o rancho, acho que foi quarta e já chovia muito — respondeu Mapará, também fazendo suas matemáticas.

Da minha rede, eu ouvia a voz dos dois, mas estava com muita preguiça para me intrometer na conversa. E sim, Mapará tinha razão, ele tinha voltado de Béja na quarta-feira, chegou aqui já de tardinha, e já chovia muito, sem sinal de tréguas. Pelo que me lembrava, a chuva tinha começado na segunda, mas eu não tinha certeza e permaneci calada, de olho no rio que passava defronte de casa, agora calmo, calmo, como se sua vida também estivesse paralisada pela chuva.

Esse rio que passava ali, que vivia indiferente a tudo e a todos, era somente um braço do rio maior, que ficava bem longe. É lá que navegam incansáveis montarias e casquinhos, pintados com cores bonitas, barquinhos tão frágeis que mal pareciam aguentar as ondas que surgiam sorrateiras.

Já ali, no nosso bracinho d'água, não andava nada, até porque nosso rio não ia dar em local nenhum. Se navegar sem parar, verá que as margens vão se estreitando, até quase engolir o curioso.

Por ali só havia nossa casa, talvez o lugar mais isolado do mundo, provavelmente para combinar com nossa natureza arredia. Éramos calados e, por vezes, passávamos dias sem trocar palavras, tão íntimos éramos de nosso cotidiano, tão cientes de nossas tristezas. Eu não lembrava de já termos recebido visitas, e dali saí poucas vezes, sempre por necessidades de saúde, e só pelas cercanias, como se não pudesse me afastar demais do local onde meu umbigo estava enterrado.

Quando criança, por exemplo, sei que fomos em uma morada grande e muito iluminada, palafita bonita e bem-acabada, de teto muito alto e paredes brancas sem nenhuma sujeira. Era um chalé debruçado no rio, como se nele quisesse mergulhar. Hoje, sou incapaz de recordar o que fizemos lá. Mariinha jura que isso nunca aconteceu, que é invenção da minha cabeça, mas tenho quase certeza que me lembro das madeiras brancas e enceradas da frontaria, e das pessoas enevoadas que não queriam que eu partisse, e chego mesmo a invejar o conforto do local talvez sonhado, e chego mesmo a sentir saudade das sobremesas talvez comidas.

Não sabia a hora em que tinha acordado. Meu sono foi recheado de sonhos incomuns, talvez fruto dos pingos que batiam cada vez mais fortes no telhado de nosso chalé. Desde que o sol surgiu por entre o cinza do dia, nada mudou no horizonte que pudesse me dar qualquer noção de horário. Olhando ao redor, notei que não era a única que ainda dormia, as redes cheias de corpos quietos, como a se esconder da realidade.

Na cozinha também não havia movimento, uma anormalidade tremenda diante do esforço incansável de Mariinha em nos manter minimamente alimentados.

Com preguiça, pisei no assoalho de madeira mal encerado, levantei da rede e segui, passos calados, em busca de um copo de café. Mariinha estava sentada no banco corrido da cozinha, olhando para a mesa de forma triste, como se a cor do dia lá fora fosse capaz de alterar seu humor. Ao me ver parada na porta, ela se pôs de pé em um pulo e desandou a falar.

— Achei que tu não fosses mais acordar. Não é porque não dá pra fazer as tarefas que tu podes dormir o dia todo. Oh, tem café na garrafa, aproveita que ainda tá quente. Se quiser leite, tem na vasilha azul, mas sabes disso. Agora vá cuidando que tenho que começar o almoço.

— Mariinha, que horas são?

— Axi, lá vens tu com perguntas difíceis. Mapará que está com o relógio.

— E onde tá o Mapará?

— Lá fora, olhando as galinhas. Essa chuva toda quase a nos afogar, e ele só pensa nessas galinhas. Já não aguento essas águas, estão mexendo com meus nervos.

Quando as chuvas grandes chegavam, nosso riozinho fazia quase ir casa adentro, acho que buscando ser mais um morador. Às vezes, as águas ficavam tão grandes que eram capazes de lamber e por pouco não faziam sucumbir nosso pequeno trapiche, que até ali resistira bravamente ao assédio.

Quando as chuvas grandes chegavam e o rio fazia morada ao redor, naqueles dias de *ilhamento*, o trapiche se tornava a única extensão de nossa casa. Não existia mais floresta, não existia mais quintal, somente o bravo trapiche que se intrometia na paisagem com grande valentia. Não fosse termos a casa suspensa em pernas-mancas, seríamos levados pelo rio que adorava se apoderar de corpos para dar de comer aos peixinhos. Mesmo sair de casco para remar nas cercanias, indo atrás de miriti, pupunha ou tucum, era tarefa inglória e, por vezes, arriscada.

Imaginei como seria se fugisse daqui, daquele mato, dando um mergulho tão profundo que, sem volta, me faria ser parte do rio para sempre. Será que não havia outro mundo além da morte lá no fundo? Quando finalmente as chuvas se iam, quando o rio se tornava benevolente e resolvia voltar para seu rumo definido fazia séculos pelo Criador, nosso quintal ressurgia enlameado, e minha vida se ampliava.

Eu pensava nisso tudo preocupada, lembrando que ainda não era tempo das chuvas grandes, e não recordava de já ter visto, em pleno mês de julho, tanta água.

Quando deu a hora do almoço, todos já estávamos acordados, apesar dos rostos amarrotados e sonolentos. Já comíamos quando Mapará entrou, encharcado, a cara fechada que logo se escondeu por detrás do prato minguado de charque frito com farinha.

Depois de um tempo, como se quisesse ser solidária com a chateação, Mariinha perguntou:

— Como estão as coisas lá fora?

— Ruins.

— As galinhas?

— Também... A horta foi pro brejo. Mesmo se parar de chover hoje, não salva mais nada. E as galinhas... Se as coisas continuarem assim, ou suspendo o galinheiro ou trago as bichas pra cá.

— Ah, Mapará, me poupe. Não quero galinha aqui. Basta estarmos trancados nesse abafamento, quase morrendo sem poder botar a cara pra fora.

— Tá bom, deixa morrer, então!

— Não, tudo bem. Se for preciso, faça. Já basta de afogamentos por aqui.

E ambos se calaram, igualmente preocupados com a situação.

* * *

O restante do dia foi de uma monotonia atroz. E novamente foi noite de sonho inquieto.

Dessa vez, eu estava em um túnel no fundo da terra, feito todo de pedras brutas e onde reinava uma umidade tremenda, e eu percorria esse túnel que nunca acabava e era mal iluminado por tochas que tinham o mesmo cheiro de querosene das nossas lamparinas. Aquele local me oprimia, como se fosse uma enorme cova e eu estivesse enterrada viva. Insisti no passo e, depois de algum tempo, percebi um luzeiro. Cheguei então em um enorme salão que tinha o teto mais alto do que a copa do bacurizeiro, com as paredes rigorosamente brancas e cheias de detalhes. Era como se estivesse em um daqueles palácios que, vez ou outra, apareciam em nossas revistas velhas. O teto era enfeitado com lindos desenhos de flores e anjos que rodeavam um lustre gigantesco, alimentado por centenas de velas. No salão havia pessoas usando roupas antigas, o que reforçou minha ideia de estar em uma festa da corte. Logo que entrei, ninguém percebeu minha presença, mas, à medida que o tempo passava, mais e mais pessoas vinham falar comigo, formando um aglomerado que foi me sufocando. Por fim, uma mulher me puxou para um canto do salão, como se estivesse me salvando daquele afogamento de gente e, sorrindo, me perguntou:

— Por que tu demoraste tanto?

— Mas eu nem sabia que tinha que vir.

— Faz tempo que te espero, e o que importa é que chegaste. Espero muito que gostes, porque quero que fiques, agora que te achei.

— Eu gostei, achei bem bonito, mas não posso ficar. Preciso voltar pra casa ou Mariinha vai ficar furiosa — respondi, nervosa.

— Tu não devias te preocupar com Mariinha. Não mais.

— Claro que devo. Foi ela que cuidou de mim quando meus pais não me quiseram, assim como ela cuida de todos.

— Ah, talvez não lembres, mas já era para teres vindo antes. Foi a reza de Mariinha que nunca deixou, mas ela já está velha — disse a mulher, rindo.

Nesse momento, o sonho foi se transformando em terrível pesadelo, porque lentamente as pessoas ao meu redor iam adquirindo feições não humanas, como se fossem meio gente e meio bicho, em um show de horrores indizível. E enquanto se transformavam em coisas repugnantes, eles iam novamente me cercando, como se fizessem uma barreira para que eu não pudesse ir embora.

— Por favor, por favor, o que tá acontecendo? — perguntei, enquanto buscava me proteger atrás do corpo daquela mulher antes gentil.

— Eles só estão felizes com tua presença, menina. É muito raro receber alguém lá de cima, e nós te esperamos faz muito — respondeu a mulher, cujo nariz agora estava desfeito, sumido em um rosto que mais lembrava um peixe coberto de pitiú.

— Como assim *lá de cima*? Onde é que eu tô?

Nessa hora, a orquestra começou a tocar uma música estranha, absolutamente descompassada, como se tocassem uma peça de trás para a frente. E todas as pessoas ao redor, agora verdadeiros monstros, começaram a dançar de forma frenética, em movimentos nada harmônicos, quase violentos. A mulher-peixe então me agarrou fortemente pelos braços com garras afiadas e, ferindo minha carne, me tirou para dançar em um rodopio veloz que me dava ânsia de vômito. E ela ria, e ria, e ria de toda a situação de monstros se jogando pelo chão, de monstros cagando e mijando indolentemente em suas roupas brancas, e ria também do meu olhar amedrontado, até que não aguentei e vomitei, para alegria de todos. Foi quando parei diante de um espelho que guardava o salão e verifiquei, horrorizada, que eu também havia me tornado meio bicho; minha cara de dantes misturava-se ao focinho nojento das catitas que habitavam o chalé. No meio do meu grito de dor e espanto, ainda pude ouvir a mulher-peixe falar:

— Nós aqui do fundo somos assim!

Acordei ainda ouvindo a estranha risada da moça, me remexendo na rede empapada de suor, quase sem respirar, como se quisesse me livrar dos braços que me agarravam e feriam. Não sabia que horas eram, mas ainda era noite bem alta. Lá fora chovia mais forte, e as gotas na janela ficavam cada vez mais barulhentas, a quase explodir minha cabeça. A rede do Mapará estava vazia, mas já não era possível ouvir qualquer coisa lá fora que não fosse a chuva.

Demorei para pegar no sono novamente, tal era o medo de voltar a sonhar com aqueles seres assombrosos do mundo debaixo.

Como se fosse possível, amanheceu ainda mais escuro que o dia anterior. Dessa vez, havia ainda mais redes ocupadas por corpos estáticos, que pareciam se entregar solenemente à inércia do tempo que nos oprimia com seu manto pesado. A chuva seguia intensa, atingindo a casa em cadência assustadora, rimbombando nas telhas em barulho ensurdecedor.

Antes de levantar o mosquiteiro para sair da rede, constatei que Mapará e Mariinha já não dormiam, pelo que esperei encontrá-los na cozinha bicando café novo, atividade que a chuva ainda permitia. Contudo, ao chegar lá, somente encontrei os candeeiros apagados e o fogão sem lenha, como se a vida ainda não tivesse começado por completo.

Entreabrindo a porta da frente, procurei os dois na varanda, mas nada deles. Lá, pude ver que nosso trapiche dançava perigosamente no ritmo de ondas ferozes, fúria absolutamente incomum para nosso riozinho. Depois, voltando à cozinha, fui até a porta que dá na varanda de trás, defronte à horta morta e ao galinheiro ameaçado, e lá também não estavam. Pude perceber que a água já invadia a terra em quase um palmo de altura, e nada mais se via do chão do quintal onde, em dias quentes, brincávamos de cavucar minhocas.

Como se estivesse sozinha no mundo, deitei no banco corrido pensando em acordar alguém para dividir meus estranhamentos, mas decidi esperar. Eles não deviam estar longe. Impossível sair pelo rio que se revoltava, pronto a engolir qualquer um. Também seria difícil sair por terra, agora que o rio subia e tomava conta de tudo.

Deitada ali, lembrei o sonho com a mulher-peixe e todos os demais bichos horrendos da noite anterior. Pensei que, apesar de pesadelo, o lugar ainda era um palácio cercado de tanta boniteza, as paredes alvas e o lustre lindo, com os ricos desenhos no teto.

A CHUVA LENTA

Enquanto tinha a lembrança viva daquele local, olhei ao redor e constatei minha desolação, a pobreza de nossa casa onde só havia miséria.

Estar ali era um enorme desalento, desperdício de tempo do Criador, tendo que fazer surgir pessoas, gastando seu barro santo para que nascêssemos e vivêssemos assim, misto de passar o dia suando e afastando os bichos que grudavam na pele, faça chuva ou faça sol, e de observar o riozinho que passa nas nossas fuças e era toda a nossa vida, mesmo que não nos trouxesse ninguém. Ali no meio do mato onde vivíamos, eu não lia, não estudava nem sabia o que acontecia no mundo, justamente porque meu mundo era somente ali, aquela palafita encardida no meio de um mato que não sabia onde se localizava, ao lado de um rio do qual não sabia o nome, na casa de madeira mal-ajambrada que, esperançosos, chamávamos de chalé.

Eu queria ir.

Desde que me entendia por gente, eu queria ir para a cidade e ter outra vida, andar naqueles barquinhos que são pouco maiores e mais confortáveis do que nossos cascos, que têm a cobertura de lona azul quase sempre puída e seguem prontos a transportar meia dúzia de pobres coitados que vão sentados, calados, acomodados nas tábuas que servem de banco no fundo da embarcação, quase dentro do porão. Os viajantes são aqueles que a fome expulsa das ilhas, que o mato e o rio recusam alimentar e que, sem chances de persistir, se veem obrigados a fugir, a pedir arrego na cidade, ansiando qualquer trabalho miserável onde, ao menos, haja resto de comida que faça sobreviver os coitados.

Eu não era tão diferente deles.

Por muitas vezes, nessa ânsia de fuga, também pensei em encontrar meus pais, um esbarrar inesperado por uma das ruas de Abaeté e, como por milagre, um mútuo reconhecimento. Eu perguntaria por que me abandonaram, por que me deram de presente a Mariinha, que, mesmo me criando e se sacrificando, nunca me beijou a testa antes de dormir desejando bons sonhos.

Se era para me dar, por que não fizeram como tantos e não me deram para alguma família da capital, que me criasse em troca do serviço da casa e me pagando com estudo? Ao menos eu teria um mundo e me perderia no horizonte, e quem sabe poderia um dia viajar e conhecer as terras grandes, ou me casar na igreja, vestida de branco, e não viver aqui como pagã.

E, refletindo, cheguei à conclusão de que mesmo em Béja eu seria feliz, a vila tão pequena que mal se vê, a existência de umas casinhas e a igreja branca, e a mercearia onde, nas urgências de estarmos com muita fome, Mapará se socorria.

De repente, a porta do quintal se abriu com violência e se revelaram uma Mariinha assustada e pálida, e Mapará, que vinha teso olhando ao redor, como se procurando algo, colocando objetos diversos sobre a mesa. Ambos estavam encharcados, como se tivessem mergulhado no rio com suas roupas de dormir, em uma improvável displicência.

A CHUVA LENTA

— Cadê todo mundo? — perguntou Mariinha.

— Ainda dormem.

— Deus do céu, já passa de meio-dia e ainda dormem?! — respondeu ela enquanto pegava uma sacola de estopa e jogava dentro mantimentos e as coisas separadas por Mapará. — Menina, cuida e vai acordar todo mundo, temos que sair agora.

Sem entender o que acontecia, obedeci Mariinha, pois percebi que havia agonia e perigo em sua voz. Já na sala, fui de rede em rede levantando mosqueteiros e tentando acordar a todos, mas, por mais que os balançasse pelos ombros, por mais que suplicasse que acordassem e desse tapas em seus rostos, não havia quem abrisse os olhos e me seguisse na tarefa de escapar de algo que não se revelara. E tentei, com todas as forças, que aquela multidão entregue ao sono levantasse e fosse comigo à cozinha, e curtos minutos se passaram até perceber que minha empreitada era em vão. Eles simplesmente pareciam pedras prontas a ir para o fundo do rio, sem fazer qualquer objeção, resignados como se estivessem mortos em vida.

Voltei à cozinha, desesperada:

— Mariinha, ninguém acorda — disse, segurando um choro imenso.

Ao ouvir isso, ela parou o que fazia e olhou para Mapará, que devolveu o olhar desesperado.

— Devem tá tudo mundiado. Vou lá tentá acordá — disse o homem que agora era uma mera redução de medo.

— Mapará, e se não der?

— Continua pegando as coisa, entre num casco e vai-t'embora com a menina.

— Mas não posso ir sem vocês, Mapará — respondeu Mariinha, a voz frágil nunca dantes vista.

— Vou logo atrás, muié. Se eles não acordá, vou tê que carregá todo mundo e colocá no casco maior, mas vou logo atrás. — E saiu da cozinha sem esperar resposta.

Antes que Mariinha voltasse ao trabalho, criei coragem e perguntei:

— Mariinha, por favor, o que tá acontecendo?!

— A ilha tá afundando, menina.

— Como assim, afundando?

— Afundando! Não sei explicar, mas tá afundando.

— Então o rio tá subindo, é isso?

— Não! A outra margem tá no mesmo lugar, as árvores, tudo! Somos nós que estamos afundando.

Aquele conceito de que a terra firme onde morava pudesse estar naufragando, como se minhas certezas fossem um barco fraquinho que sucumbia à vontade da água, transformou minha lógica em nada.

Desesperada, corri para a porta da cozinha e pude ver, com espanto, que as ondas já lambiam com apetite o assoalho da varanda e nosso galinheiro sumira, nau à deriva que agora vagava por entre as árvores, as pobres galinhas provavelmente já afogadas nos poleiros.

As ondas do riozinho se mostravam furiosas, não menos do que Mariinha, que veio sorrateira por trás de mim e fechou a porta com força, passando todos os trincos e mais a tranca de madeira.

— Sai daí, menina. Tem gente no quintal.

— Como assim, Mariinha? Tô ficando com medo.

— Pois fique mesmo! — respondeu ela, que já se punha novamente a embalar nossas poucas coisas. — Mapará tava de vigília quando ouviu barulho no quintal. Era madrugada e a chuva tava muito forte. Ele disse que mal se via o quartinho, que estava um clima de estranhamento, mas mesmo assim ele foi assuntar e deu de cara com um bando de gente vagando ao redor do chalé, murmurando pra não serem ouvidos, uma gente vestida de branco, parecia visagem. Eles perceberam a chegada do Mapará e fugiram, aí ele me acordou e fomos procurar. Eles correram mato adentro, mas parece que queriam ser vistos, sabe? Faziam questão de não se esconder totalmente, mas eram sempre mais rápidos do que podíamos ir, parece que zombando da gente. Ainda andamos um tanto mata adentro, mas eles sumiram como fumaça, justo quando percebemos que a ilha estava afundando. Eu tenho quase certeza de que ainda estão aí, brechando, então fica longe dessa porta.

Já no final da história eu pouco ouvia.

Com os pelos enriçados, levantei e passei a ajudar na arrumação da estopa com vivacidade, providência essencial que agora eu entendia. Lá colocamos o pouco que havia de comer, as coisas de sobreviver, mais velas e fósforos protegidos da água. Com minha ajuda, logo estávamos prontas para fugir, e então Mariinha pegou na minha mão e me puxou em direção à porta da frente. Senti que meus passos estavam pesados, como se a casa fizesse grudar meus pés. Quando vi, a água já se intrometia pelas frestas do assoalho, invadindo sem retorno nosso lar.

Mariinha sussurrava para que eu não olhasse, mas foi impossível não ver a cena tétrica de Mapará visivelmente nervoso, buscando tirar os corpos estáticos das redes, amontoando-os na mesa da sala para que não se afogassem dormindo. Apesar de sua força, aquela era uma luta sobre-humana. Ainda precisava tirar muitos das redes, depois colocá-los nos cascos e torcer para que a maresia não os virasse ao fundo do rio.

Lá fora, corri com Mariinha na velocidade que pés encharcados permitiam e percebi que o trapiche balançava mais do que o normal, a quase se desmantelar, o que seria nosso fim. Também entendi que estávamos indo ao fundo, pois olhei a margem contrária e percebi que a linha de horizonte já estava bem acima de minha visão.

Mariinha me jogou no primeiro casco que viu e, assim que eu estava acomodada, colocou em meu colo a sacola com nossos pertences. Depois de soltar a espia do barco, ela lhe deu um forte empurrão, com a clara intenção de não ir junto. Assustada, gritei:

— Mariinha!

— Vai, criança, te coloca a salvo.

— Vem comigo, por favor! — pedi, incapaz de segurar meu choro, que discretamente se misturava com o aguaceiro que me lavava.

— Preciso voltar, menina. Não posso deixar eles sozinhos. Tenho que ajudar Mapará — dizia ela enquanto soltava as espias dos demais barquinhos, evitando que o trapiche que afundava os levasse junto.

Eu nunca tinha remado sozinha até Béja.

Das poucas vezes em que lá estive, era sempre Mapará quem remava, cortando profundo o rio com remadas gigantescas.

Agora, ainda no rumo do empurrão que me foi dado, eu seguia em direção incerta, inerte ao balanço a que as ondas me obrigavam, chorando copiosamente enquanto abraçava forte a sacola de estopa que me feria a pele da face.

Por entre o choro, absolutamente molhada com a chuva e inundada de tristeza, ainda pude ver a mulher frágil e pequena que me cuidou desde eu ter nascido, desde quando meus pais desistiram de mim, lutar com o riozinho, rasgando as águas que cobriam o trapiche com suas pernas finas e ossudas.

Nossa casa afundava rapidamente, como se um ser superior tivesse aberto um ralo misterioso, e a ilha não pudesse se manter na superfície, sucumbindo à lei das coisas que afundam.

Ainda pude ver a porta do chalé entreaberta e o vulto de Mariinha sumindo em seu interior, em mais uma prova de que tinha feito de sua existência cuidar de nós, não importava o que acontecesse.

Depois, tudo afundou, a casa, as árvores, as pessoas, o trapiche, em um estranho barulho de engolimento que a água fez. Logo surgiu um rodamoinho enorme que por muito pouco não me alcançou. E fez-se silêncio da voz humana, Mariinha e Mapará eternamente calados pela tentativa de salvar seus semelhantes, somente o barulho da chuva que caía imperturbável no mundo, o barulho que quase me emparedava de pavor.

Não sabia o que fazer.

Mal avistava vinte metros à frente e meu casquinho começava a encher d'água. Por mais que fizesse esforço enorme com a cuia, percebi que logo iria afundar. Ir até Béja naquelas condições seria impossível, ainda mais para mim, que nunca havia remado tanto.

A única coisa que passava por minha cabeça era sobreviver, então decidi que tentaria chegar até a margem oposta, na ilha da frente, local sempre proibido por Mariinha a pretexto de onças e sucuris. Perigoso ou não, era a única opção que me restava e, infelizmente, Mariinha não voltaria das profundezas para me ralhar.

Com muito esforço, fui vencendo as ondas. Milagrosamente, consegui desviar dos destroços do chalé que emergiam por todos os cantos. Depois de longos minutos que pareceram horas, senti o fundo do casco arrastar no lodo da beira — e já não era sem tempo. O barco não aguentaria mais um metro naquela maresia infernal.

Desci pela proa e, puxando a espia, coloquei o casco o mais alto que pude. Com os pés enfiados na lama, peguei a sacola e fui para a parte mais alta da ilha, onde provavelmente estaria segura. Me doeu o coração pensar que, um dia antes, teria conseguido ver minha morada dali.

Aos pés de uma andirobeira, arrumei meus pertences e depois me aninhei. Provavelmente passaria a noite naquele pouso, torcendo que a chuva afastasse os bichos. Com a jaqueta de lona de Mapará, fiz uma pequena coberta para evitar me molhar mais. Depois, encostei a cabeça no tronco da andiroba e fiquei olhando o lago enorme que se avizinhava, fruto da ilha afundada.

Não sei quanto tempo dormi.

Quando percebi, já era noite e eu estava mergulhada na mais completa escuridão. Como por milagre, a chuva tinha cessado, mas não havia lua que pudesse me guiar a vista. Lembrei-me das velas e dos fósforos que Mariinha embalou com precisão. Também torci para que Mapará tivesse colocado o relógio lá. Se conseguisse luz que me desse alento, quem sabe uma fogueirinha, e se ainda estivesse viva pela manhã, quem sabe não conseguiria chegar a Béja ou a alguma casa nas beiras.

Logo encontrei as velas, mas os fósforos estavam molhados. Já o relógio devia ter ido ao fundo com seu dono. Eu seguiria no escuro, pelo que aceitei minha sorte. Ao menos pude comer um naco de farinha que se guardara intacta dentro de uma vasilha. Só então percebi que estava faminta, não comera nada até então.

Aproveitei a trégua da chuva e arrumei melhor a jaqueta de Mapará, me cobrindo quase por completo, mas já não havia sono que chegasse diante do turbilhão de imagens em minha cabeça. Da minha andirobeira eu olhava o rio, agora plácido, nada parecido com o azougue dos dias passados. Apesar da noite fechada, achei que as águas tinham um leve brilho, como se fosse o reflexo de mil estrelas que não se revelavam no céu.

Aquele fenômeno me atiçou.

Me aprumei na beira, quase caindo na lama, a fim de ter uma visão mais nítida. Para meu horror, havia corpos que boiavam no riozinho, certamente os cadáveres da minha gente, que só agora o fundo libertara para apodrecer na superfície.

Não estava preparada para aquilo.

Enquanto não tinha imagem deles mortos, encarar a fatalidade era algo distante e abstrato. Eles sumiram, foram tragados pelo rio e pronto, segura-se o pranto. Entretanto, ter de encarar seus corpos boiando feito paus, talvez já inchados, seria mais uma prova absurda que o destino me exigia.

Eu tremia diante dessa possibilidade, já maquinava como cegar meus olhos para não ter vislumbre de meus falecidos, quando notei que os pretensos corpos inertes se moviam, ficando aprumados e tesos, como faz a pessoa que precisa respirar. Vi também que se moviam em minha direção, como se dominassem o movimento dos peixes.

Por instantes, vibrei.

Achei que, por algum milagre, eles haviam sobrevivido e, agora, me procuravam. Porém, antes que pudesse comemorar essa possibilidade, uma voz conhecida cortou o negrume da noite, igual a jacinta corta as tardes chuvosas, se alimentando do aroma dos gravetos das árvores.

— Estás aí, menina?

Espantada, reconheci a voz da mulher-peixe do sonho. Não consegui evitar um estremecimento de medo.

— Faz tempo que te espero, desde a visita em teu quase afogamento.

Criando coragem, respondi:

— Mas nunca me afoguei...

— Sim, criança, te afogaste... Vocês se afogaram... Foi assim que teus pais te abandonaram, e tu quase foste junto, não fosse aquele homem te arrancar das águas. Terias sido minha porque, desde que te vi, te quis.

— Não! Meus pais foram pra cidade, me deixaram aqui porque não tinha como me levar.

— Dependendo da forma como vês, sim, teus pais partiram para uma cidade, mas lá não percorrem os vivos, não.

Eu ouvia aquilo com enorme assombro, percebendo desabar tudo que até então conhecia. Se era assim, jamais haveria o encontro milagroso pelas ruas de Abaeté. Encontrar meus pais demandaria morrer.

— Qual teu nome?

— Eu não uso nome. Nós não precisamos disso lá onde vivemos. Quando morava aqui em cima, eu tinha um, mas já faz muito tempo.

Ciente do choro prestes a escapar, falei:

— Tô com medo.

— Sei que sim, criança, mas o medo só existe aqui. Lá embaixo não tem com que se preocupar. Só precisas vir comigo.

E lá estava eu, sem ninguém no mundo, sozinha aos pés de uma andirobeira, abraçada à sacola de estopa — tudo que tinha. Todos que conhecia estavam mortos. Mesmo o sonho de reencontrar meus pais estava morto. Me restava amanhecer e remar até Béja, um esforço que sabia ser impossível e, mesmo que chegasse lá, ia fazer o quê? Contar sobre o ocorrido e torcer que acreditassem? Esperar que alguém me aceitasse sob seu teto e que me protegesse da fome, como Mariinha fez? Talvez não houvesse esperanças para mim — a bem pensar, olhando tudo que vivi naquele rancho esquecido, acho que nunca houve.

Uma tristeza imensa veio junto com as lágrimas, e tive visões entrecortadas de uma montaria que singrava as ondas do Marapatá. Havia um homem jovem e sorridente no remo e uma mulher que me aninhava em seu colo largo, mas não conseguia ver seu rosto. Ela tinha cheiro de casa, e suas roupas e pele, de lavanda. Houve então um grande balanço, e ouvi gritos. Em um momento, eu estava seca e segura. No outro, boiando na baía, em total perdimento. O homem do remo, antes sorridente, agora era garrancho ensanguentado agarrado à nossa canoa partida, tentando não se afogar. Ele sumiu no rio. Já a mulher que me dera colo debatia-se desesperada, metros adiante, tentando se livrar das roupas molhadas que a puxavam ao fundo. Ao mesmo tempo buscava me alcançar, sem sucesso. Ela sumiu no rio, envolta no borbulhar da vida que se esvaía.

Eu também sumia, lento, lento, e foi quando notei a mulher que nadava ao meu redor como se fosse um poraquê, longilínea e veloz, iluminada. Ela me olhava ternamente enquanto me chamava para seus braços. Chegando bem perto, sussurrou que eu parecia a filha que ela teve em vida, e me convidou para seguir consigo até um local maravilhoso, onde moram aqueles que o rio decide abrigar.

Nesse momento, as águas do Marapatá explodiram. Um corpo preto, maciço, rompeu o marrom do rio e mergulhou em minha direção. Como se não conseguisse ver a mulher-peixe bem diante de mim, o homem me segurou firme e, em poucas braçadas, me levou à superfície. Lá, agarrado em uma montaria quase igual à nossa, ele me colocou no colo de uma mulher já velha, que me despiu e me envolveu em trapos para me secar. Essa mulher cheirava a mato e a solidão. No seu abraço tive a impressão de segurança, então não questionei mais nada. Era o que me bastava.

Não tinha percebido antes, mas eu não precisava de outros mundos.

Meu mundo todo estava naquele chalé, embalado pela mulher que me criou e amou na necessidade, pelo homem que mergulhou ao desconhecido para me arrancar da morte, tudo fatalmente destruído, talvez pelos meus pedidos.

— Sim, menina — falou a mulher-peixe, como se pudesse ler meus pensamentos — Foi exatamente assim...

— Por que matar todos, se só me queria?

— Porque tu não virias se eu pedisse, deixaste isso bem claro, teu horror, tua repulsa. Demorei pra te encontrar e não quis esperar por outra oportunidade. Eles nunca te deixavam sozinha, talvez estivessem cientes de minha ronda. Fui obrigada a mover terras, literalmente, então agora cuida e vem, minha filha.

Que futuro haveria para uma nascida na ribeira, moradora de matos sem nome, proprietária de uma casa e de um trapiche comidos pela água, e criada em uma ilha que não existia mais?

Que futuro haveria para uma órfã, os pais afogados, Mariinha e Mapará mortos pela fúria de encantados?

Que existir estaria reservado para uma menina que não lia e mal sabia conviver com humanos, mais acostumada ao silêncio dos vultos diáfanos que habitavam, distantes, aquela enorme sala de assoalho mal-encerado?

Desacreditada do viver, abandonei a firmeza da andirobeira, guardiã eterna da jaqueta de Mapará e da sacola de Mariinha, únicos vestígios de que ambos habitaram esse mundo. Então desci a encosta da ilha e, já com os pés na água, me despi e dei as mãos à mulher-peixe, que sorriu satisfeita e guiou meus passos até tudo sumir. Eu flutuei no rio e logo fui puxada ao fundo, sentindo não a minha morte, mas uma estranha transformação em algo indizível.

O MENINO MAIS NOVO

Ana Paula Lisboa

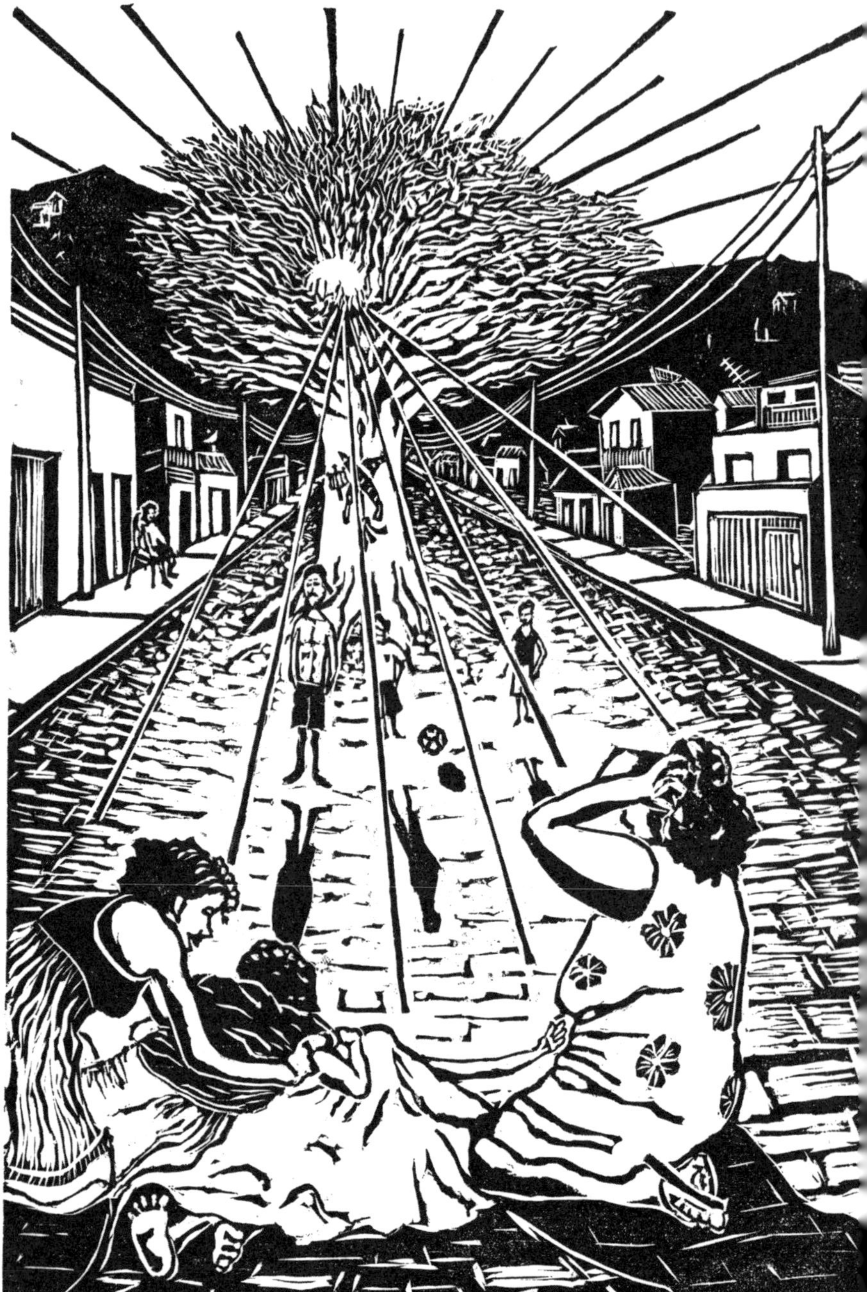

"Enxergara viventes no céu, considerava--se protegido, convencia-se de que forças misteriosas iam ampará-lo. Boiaria no ar, como um periquito."

Graciliano Ramos, *Vidas secas*

A CABEÇA ESTOURADA PELA NUCA e o último pensamento: a mãe. O toque lento e ríspido da última imagem, as últimas lágrimas, um último pedido esperançoso de permanecer vivo — só ele sabe a quem pediu. A imagem imaginada do cano de uma arma que não podia ser vista. Quem pensou que morreria ali, assim, sem ter ido nunca a lugar nenhum? Pouco andou, pouquíssimo.

— Levaram ele, levaram o nosso menino.

Quem o matou, ninguém sabe o nome, também andou pouco, viveu pouquíssimo depois daquilo. Um feitiço o pegou ligeiro, subiu pelas pernas, alcançou o peito, tirou-lhe o ar, o coração saiu pela boca, o sangue pelas narinas. Ninguém pode julgar um espírito que se vinga.

Todos foram, ele não, o menino ficou aqui parado neste mundo. Não esteve lá nem cá, e assim terá para sempre a mesma idade, sem mudar. Enquanto todos sonhavam, ele já não podia sonhar. Depois do tiro, ficou acordado. Os olhos bem abertos, para sempre.

* * *

Para a mãe, o menino havia dito, há tempos, que viria. Aí a barriga cresceu, de forma exuberante, tão grande que a mãe nem sabia de onde vinha tanta barriga. Mas o tempo era pouco, o tempo era caro para ela. Sentia vergonha, sorria de lado, escondia a barriga nas roupas, um orgulho preso na garganta.

Queria o menino, mas também não queria. Quando já era impossível esconder a barriga, a mulher tentou dormir pra sempre. Quem sabe era só outro sonho em que um menino aparecia e, se ela esquecesse, talvez acordasse sem a barriga, liberta de ter mais uma criança para cuidar. Agora que as meninas já estavam quase crescidas, ela teria em breve uma vida mais livre. Mas aí vem o menino, o menino avisou que viria.

Na manhã seguinte, ela acordou, mas não do sonho que achava que tinha. Continuou sonhando e então cuidou de viver e quis gritar a todos que finalmente teria um menino, depois de duas meninas, um menino que ela queria. Um menino pretinho, de cabelos bem lisos, finos e negros, o menino mais novo. Nasceu chorando tanto e tão alto, os olhos abertos que nunca mais se fecharam.

— Sabe, quando alguém nasce, a gente ri e o bebê chora. Quando alguém morre, a gente chora e a alma ri.

O menino a amava e ela amava o menino. E as meninas mais velhas também o amavam. A vida era boa, as crianças gordinhas, a fartura da vida e do tempo, que eram a mesma coisa.

Cozinhar nunca foi profissão para ela, mas sempre foi sério, considerado da maior importância. Era sério também para os que esperavam à mesa. Havia os da família, havia os agregados e até os desconhecidos. Havia os que não tinham nada em casa para comer no domingo. Parecido com o milagre dos peixes, a comida da panela se multiplicava e nunca faltou.

A mulher, realizada, fazia de cada segundo pedra preciosa, aproveitava todo momento em que estava ali; era a certeza de viver o melhor, viver o agora. O tempo de dentro não entendia a hora, não sabia contar.

A família sabia medir, e o tempo era tudo, tudo o que tinham. Quando não tinham, plantavam-no, feito mangueiras, e colhiam entre novembro e janeiro. Eram incontroláveis da forma que podiam ser, que sabiam ser.

Depois do ocorrido, a frase fez tão mais sentido. O ocorrido mudou o passado:

— Mataram, mataram o nosso menino.

O menino, quando criança, adorava a história do tempo, tanto pedia e ela contava de novo e de novo.

* * *

Era um jovem com muita energia e pouco tempo. Ao mesmo tempo que queria fazer tudo, só conseguia fazer uma coisa por vez. Então, eram tantas as coisas que fazia de cada vez que não cabiam no tempo.

Ao fim do dia, o jovem reclamava, se frustrava, por vezes se fartava, chorava, suava, não comia, pouco dormia. No outro dia a mesma coisa, e no outro, e no outro.

Um dia, depois de tantos, o jovem já quase com o corpo morto, mas o coração tão vivo, deitou debaixo de um imbondeiro e pediu a Iroko que tivesse pena dele.

Havia se rendido, não brigaria mais, só queria morrer em paz, sem a horrível sensação de estar sempre atrasado no mundo. O jovem pronto a morrer, de tanto lutar contra o tempo, um Tempo que nem lhe conhecia.

Iroko não ligou muito a princípio, mas depois de tanto lamento, teve pena do jovem e, já no último suspiro, parou tudo. O Tempo parou por menos de um segundo pela primeira vez em toda a eternidade e o olhou, ali, quase morto.

Iroko ouviu os últimos compassos do coração do jovem, se alegrou do tempo, do ritmo, viu que tinha força. O Tempo tomou o jovem para si e deu a ele um novo trabalho: acompanhá-lo.

Não controlar, não contar, não lutar... Apenas zelar, andar ao lado do Tempo todo tempo, respirando o mesmo ar. O jovem agradeceu e concordou, mas tomou a liberdade de fazer um pedido:

— Que ninguém mais sofra por Iroko, eu agora tomo conta do futuro.

Não haveria mais atrasos, porque só o presente importaria. O jovem cuidaria de tudo, para que outros pudessem cuidar do mundo.

O MENINO MAIS NOVO

Firmaram o ponto que desde então está mantido, e deixou de haver sofrimento futuro. Todo dia era um único dia, um único tempo para pensar: o presente. Nem mesmo na língua o futuro estava, as conjugações foram abolidas da escola. O amanhã não estava mais no dicionário, passamos a ser uma língua sem futuro.

* * *

A mãe chegava quase a acreditar nessa história que contava ao menino, mas a verdade era que o mundo havia acabado. Então repetia pra si mesma que as histórias eram mais importantes que a verdade.

Não havia mesmo mais futuro, tudo era o hoje, porque o amanhã era o nada. Mas era mais bonito dizer ao menino que ainda havia algo, lá bem longe, algo como o mar. E sim, eram um povo sem futuro, mas quem sabe havia mesmo um jovem esperto e bondoso que tomava conta de tudo?

Depois do ocorrido e do tempo mudado, as memórias que a mãe tinha do menino não eram iguais. Até mesmo as histórias contadas, inventadas ou não, se tornaram grandes demais. As meninas, finalmente crescidas, ficaram também sem o menino, o menino que a mãe queria.

E insistiam que só o presente importava, que o menino inclusive estava vivo, mas em outro presente, porque o presente é momento em toda parte do mundo. A vida a partir dali seria basicamente esquecer o menino. Era difícil, porque tinham fé, e a fé, assim como o tempo, era uma moeda cara. Tinham o que não podia ser dito em palavras, não existia em voz alta.

* * *

Era domingo e havia sol, porque quase sempre havia sol aos domingos. De todos os mundos que quase existiram, talvez o mundo mais próximo ao perfeito era no que imaginaram que sempre poderia ser domingo. Estranho como coisas tão tristes também podem acontecer em dias bonitos. E coisas tão sérias acontecem de forma inesperada. Nem mesmo uma nuvenzinha anunciou a chuva que viria.

Também era uma quarta-feira e uma segunda. Desde então, foram todos os dias da semana. O menino morreu tantas e tantas vezes e sempre morre de novo, todos os dias.

Não se importam se é o menino mais velho ou mais novo. E ele também nasce de novo quando a mãe pensa nele.

Mas ela, triste, já não podia pensar. Não cozinhava, enjoou da comida preferida do menino e de tudo que havia no mundo, de todo o mundo onde só havia o presente. Decidiu que era definitivamente alguém sem futuro.

Olhava quase cega de raiva pela janela, um cigarro entre os dedos e a metade de uma vida quase inteira pela frente. Esperava acordar do sonho e mudar o passado. Nem sabia bem o que faria se o passado mudasse. Não queria o hoje, queria parar a vida num almoço de domingo com sol e a mangueira do quintal carregada, as crianças gordinhas, a vida não embaçada.

Queria esquecer, mas seria uma tragédia ainda maior não lembrar. Desacreditou de tudo, se ocupou até mesmo do nada. Mas ainda sabia que todos os anos as mangueiras dariam manga. Ninguém diz a elas a hora, elas sabem. E as mangas que nasceriam no quintal nasceriam também em outros quintais pelo mundo, ao mesmo tempo, sem ninguém contar a elas.

* * *

O menino morreu jovem, mas crescido e sem tempo, era época de manga. O mais novo, sem quê, sem muita direção, e só fazendo se queria, ficou aqui, parado neste mundo, em Iroko, a mesma idade para sempre. Uma fotografia na sala contava as horas, o quarto permaneceu igual.

Depois do ocorrido, só se encontravam em sonho. Queriam preservar o corpo, mas não havia corpo que bastasse. Os pés arrastados em procissão pelos paralelepípedos, o sol se pondo, o silêncio de quem não tem mais tempo.

Das meninas, a do meio teve dois meninos. A mais velha escrevia. Ambas caminhavam para a frente.

O SÍTIO RUIM

Cristhiano Aguiar

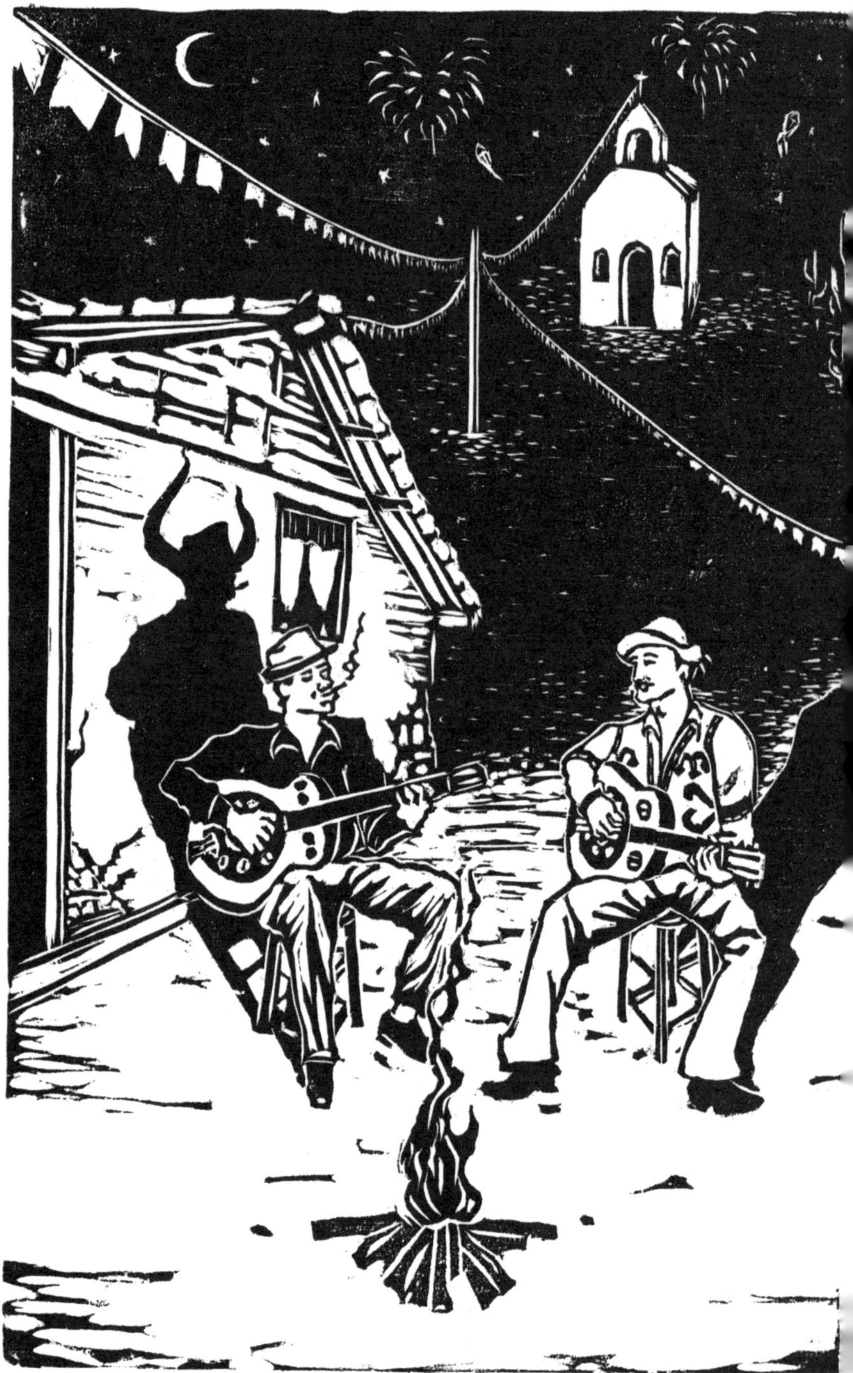

"Levantaram-se todos gritando. O menino mais velho esfregou as pálpebras, afastando pedaços de sonho. Sinhá Vitória beijava o focinho de Baleia, e como o focinho estava ensanguentado, lambia o sangue e tirava proveito do beijo."

Graciliano Ramos, *Vidas secas*

— POR UMA QUESTÃO DE CONTRATO, coube às crianças primogênitas o Destino dessa nossa família. O problema é que todos os primogênitos da nossa família são homens, sobrinha, e todos eles foram uns tolos.

Minha tia me contou isso enquanto me obrigava a folhear velhos álbuns de retratos de gente, gente da nossa família, uma autêntica procissão de amaldiçoados. Enquanto eu folheava, a velha não tirava o olho das minhas unhas. A cor que eu tinha escolhido para pintá-las, era isso que chamava sua atenção? A cor nas minhas mãos.

Foi só quando cheguei no Sítio Ruim, quando lá me deitei e sonhei, é que entendi o terror daquelas palavras. Tia Josefa as disse por acaso, com o despojamento de quem cantarola uma música qualquer enquanto passa mais um café. Ao ouvi-las, me veio à mente a capa de um folheto de cordel: *Peleja de Manoel Riachão com o Diabo*. Na xilogravura, Manoel Riachão é retratado com sua viola. O poeta, num tamborete, encara o Diabo, que está sentado em um outro tamborete e também armado com uma viola. O poeta e o Diabo prontos para duelar.

***

Depois de me obrigar a ver as fotos — "pia esse coitado; ah, esse outro era cabra ruim mesmo, mereceu a desgraça" —, tia Josefa foi até o quarto de minha falecida mãe — móveis cobertos com lençóis — e de lá trouxe alguma coisa enrolada em um tecido de algodão cru.

— Tome, menina.

Desenrolei a coisa.

Era uma chave enferrujada, pesada, de uma porteira.

***

O lavabo do apartamento onde minha mãe morou com minhas tias reproduzia a sua alma: uma mistura de museu com velório. Havia um espelho antigo, de desgastada moldura dourada, cuja superfície refletora se enchia de manchas opacas, uma espécie de câncer mineral que comia por dentro a vontade do objeto de refletir.

Eu me enxergava: brincos, batom, maquiagem discreta, longos cabelos pretos, um tanto ondulados, e a barba recém-aparada. Ajeitei minha roupa, um vestidinho mais formal, enlutado.

Estava enlutada?

Minha mãe biológica, irmã de tia Josefa, tinha morrido há um ano.

Era a primeira vez que eu pisava na sua casa.

O SÍTIO RUIM

***

— Uma pena que tu não conseguiu vir para o velório dela...

Eu poderia ter começado a responder de várias maneiras: divórcio, passagem aérea, minha transição, o meu desemprego súbito, a reinvenção no TikTok, os compromissos... Mas me mantive reservada:

— Desculpa...

O olhar de tia Josefa denunciava o quanto ela esperava, vindo de São Paulo, o Emanuel, e não *a* Emanuel. Só que ela me observava de um jeito pouco usual, confesso. Não era tanto aquele olhar escroto de quem pensa olha esse maricas, não, de jeito nenhum. Ela me pesava numa balança. Isso. Uma balança: só desse jeito, com essa imagem, eu defino a situação toda.

Minha mãe — pensei em chamá-la de *mainha*, mas não vou inventar que sou nordestina, né? — morava em um puta apartamento no bairro das Graças, um bairro bem de elite da zona norte do Recife. O apartamento era enorme e, por seu estado de velório-mausoléu, era todo empilhado de coisas. Quadros, objetos que pareciam vir de um circo do século XIX, madeira & mais madeira, relógios antigos (pra que tanto relógio?), várias fotos emolduradas, souvenirs de viagens de todo canto do mundo, amuletos, estátuas religiosas, indo de Buda, passando por Jesus e chegando em Iemanjá. O apartamento exalava antiguidade, misturado a algum perfume que me remetia a incenso e pitadas de sal grosso.

Minha mãe engravidou de mim aos quarenta anos de idade numa trepada de carnaval em Olinda com meu pai, na época com vinte anos. Sei pouco de como foi a gestação, só que ela saiu de Pernambuco e me pariu em São Paulo, cidade natal do meu pai e onde ele sempre morou. É, fui uma criança-delivery, porque ela fez basicamente isso, me carregou e depois me entregou ao meu pai. Lembro de uma foto ótima dele, tão menino, coitado, mas me segurando na maternidade com o maior sorriso do mundo — sorriso de orgulho, alegria e pânico.

Dias depois do meu nascimento, minha mãe caiu fora. Meu pai não a procurou, até onde sei. Acho que foi o combinado — te largo o acidente, quase como se deixasse um pacote na porta de casa. Oficialmente, fui criada por meu pai, que ainda nem tinha passado no vestibular. Ele foi um bom pai na medida do possível, mas geralmente me largava com meus avós paternos e ia viver a vida normal de um garoto. Quando eu estava ali por dez anos de idade, ele se casou com sua namorada. Ela e minha avó foram as cuidadoras possíveis, e delas tive carinho e atenção, delas ganhei discernimento.

Meu pai morreu, leucemia devastadora, há dois anos e meio. Sua companheira também morreu jovem, pobrezinha, em um acidente na empresa petroquímica onde trabalhava como engenheira. Meus avós ainda estão por aqui, embora um tanto dementes, sob os cuidados de enfermeiras que finalmente, depois da minha fama, eu consegui bancar sem ajuda de mais nenhum parente.

Fui uma criança silenciosa, mas gentil. Eu gostava de estudar e adorava ainda mais todas as artes, principalmente o desenho, a literatura, a música. Passava horas trancada com meus cadernos, inventado histórias, ou desenhando sereias, penteados, vestidos esvoaçantes. Não fui tanto dos esportes, mas se precisasse competir, jogar bola, eu ia e jogava direitinho.

Mamãe me mandava dois cartões postais por ano. Um no dia do meu aniversário, outro no Natal. Eram dos mais baratos, esses que a pessoa compra em promoção na papelaria do bairro. Por algum motivo, ela gostava de imagens de ursinhos fofinhos, cheios de brilhos. As mensagens eram simples, escritas em uma caligrafia romântica que me remetia aos romances de Jane Austen. Chegava a véspera de receber um dos cartões, eu me animava toda. Hoje, tentando lembrar, reconheço, em especial nos meus avós, um olhar de pena.

Eu dizia frases do tipo: "Ela vai me mandar um cartão, um cartão!"

Quando chegava o cartão, eu alimentava a esperança de que ela me mandasse do Recife um brinquedo junto. Durante algum tempo, isso aconteceu, até que descobri a verdade: com pena de mim, meus parentes, em especial a companheira do meu pai, compravam brinquedos e diziam que tinham sido enviados por ela.

Minha família paterna dizia que eu tinha silêncios. É, eu fui a silenciosa. Meu pai, sempre bêbado no final de semana, chorava às vezes e dizia "você tem poucas palavras, meu filho, você puxou isso da sua mãe, da Pernambucana". Poucas vezes ouvi o nome dela pronunciado por qualquer um. Minha mãe era a Pernambucana. Não sei até que ponto ele realmente a esqueceu... E sei o quanto ele foi feliz com sua companheira. Eu vivi num lar de reconciliações e sou muito, muito grata. Só que, ao mesmo tempo, no olhar choroso do meu pai, quando o álcool derrubava a máscara dele, eu enxergava sabe quem? A Pernambucana.

Ela sempre me encontrava em São Paulo. Nunca no Nordeste. Quando eu era menorzinha, a abraçava com toda saudade do mundo. Depois que fui crescendo, aprendi que abraço só a constrangia. Fazia cinco anos que eu não encontrava minha mãe, até que recebi a notícia de sua morte. No testamento, além dos bens em nome dela que me cabiam, havia um convite: um ano após sua morte, eu deveria ir para o Recife conhecer suas irmãs.

Nesses mais de cinco anos desde que a vi pela última vez, dos 28 aos agora 34, minha vida perdeu uma camada após a outra, com a morte e doença dos meus parentes. Divorciei, me tornei famosa, virei eu mesma... Por outro lado, no último ano, desabrochei. O meu coração era um botão de flor que se rasgou ao meio, se sangrou, se arregaçou e eu me arranquei, eu, A Eu, dali.

* * *

Neste bairro, neste apartamento, se reafirmou o quanto a família da minha mãe tinha posses. Até onde sei, nunca recebi ajuda delas. Eu não precisava ficar hospedada aqui, mas senti um desejo: estar perto dela. Ter o direito da casa dela. Por que não? Um pedaço daquele Buda e daquele amuleto contra mau olhado também não passavam a ser meus?

* * *

No táxi, a caminho do apartamento, o Recife, pela janela do carro, tinha tristeza, miséria, viadutos. Mostrava uma cara própria, inédita. Recife tinha a sua própria cara. A de uma carranca.

Quando cheguei, só tia Josefa e suas três empregadas se encontravam em casa. Minhas primas e seus filhos, que eu nunca tinha visto na vida, logo chegariam. As outras duas tias, também. Josefa passava dos 70 anos e aparentava 90. A vida lhe deu cicatrizes feias no rosto. Ela tossia com frequência e me transmitia uma aura de doença. O contraste eram seus olhos grandes, vivos, iguaizinhos aos da Pernambucana.

Ardia fogo neles — semelhança com o que acontecia no meu coração. Ao abrir a porta, ao me ver, tia Josefa passou um tempo processando a visão da parente diante dela. Eu usava uma bolsa de marca famosa pendurada no ombro.

Uma mala prateada, de mão, repousava aos meus pés. Estava com um dos meus vestidos favoritos para viajar. A tia não tinha tomado conhecimento do quanto mudei ao me achar? As parentas mais novas, as primas, sabiam, porque na véspera da minha viagem ao Recife, meu perfil no Instagram foi bombardeado de mensagens delas.

* * *

Depois de uma troca de conversinhas, aquilo bem de palavras amenas entre comadres desconhecidas, Josefa chamou, autoritária, uma das suas empregadas, que trouxe consigo os álbuns de fotografia. Eu identificava uma missão naquilo. Centenas de quilômetros, horas de viagem e qual era o meu cais? As imagens desbotadas de uma gente morta que com certeza nunca me entenderia. Me sentia estupefata, maravilhada, enquanto tia Josefa, enérgica, jovial até, desfilava uma sequência de meus parentes. Todos improváveis, esdrúxulos.

O que existia de comum entre eles eram as ambições e os finais trágicos. As mulheres quase sempre se machucavam, às vezes fisicamente, porém sobreviviam; aos homens cabia nada menos do que a morte e ela — fico toda arrepiada — chegava sempre antes dos quarenta. Falências, brigas fratricidas, envolvimento com estelionato e contrabando, homicídios — a minha família materna não queria sossego na Terra e eu estava chocada. *Chocada*. Foi minha cara de

Mona Lisa perplexa que a fez dizer aquela frase, a de que o destino, por causa de um "Contrato" (como assim?!), se encontrava nas mãos dos homens da família. Tolos, eles. Tolos — e mortos antes dos quarenta.

Uma estranheza tomou conta daquele fim de manhã. Na cozinha, mulheres de mãos pretas e brancas fofocavam e colocavam em movimento louças, talheres, vapores e cheiros, preparando o banquete familiar agendado para uma e meia da tarde. Me detive no velho piano encostado em uma das paredes. A partir do piano, como em ondas, a vida orbitava o incompreensível.

Encarei minha tia, notei uma sombra invisível ao seu redor. Uma outra vontade secreta ou um plano, mas de alguma maneira aquela sala me soava a uma armadilha.

O que a Pernambucana deixou preparado para mim? O que as tias queriam, ao insistirem tanto para que eu viesse?

As coincidências, trágicas, nada mais eram do que isso, coincidências, não é? Ao mesmo tempo, me localizava na paranoia, certa de que a desgraça viria de alguma forma.

— Esse quadro quem pintou foi sua outra tia mais velha, Maria das Graças. Sua mãe, tu lembra né, era a caçulinha, nasceu já tarde. Foi, como diz o povo, ponta de rama. Mimada, teimosinha, inconsequente! Mas vê, Emanuel, vê, menina, esse quadro.

O dedo ossudo, esticado na direção da parede onde o quadro foi pendurado, tremia. Nem bonito, nem muito feio, nem bem pintado, o quadro era daquele tipo que bastava olhar para perceber o amadorismo. A pintura representava uma família de retirantes nordestinos. A paisagem, pintada com traços ligeiros, remetia ao sertão. Eu enxergava um pai de família, que usava roupas de vaqueiro esfarrapadas, dois meninos, uma mulher com uma trouxa de roupa na cabeça e uma cachorra.

— Nossa família, sobrinha, veio lá dos cafundós das Alagoas e foram esses aí. Não sobrou nenhuma foto, Maria das Graças pintou foi de sonho. Esse povo aí foge da seca, foge da fome, anda pelo sertão, por Pernambuco, depois fixa na Paraíba. O homem foi vaqueiro, agricultor, capataz. De repente, o cabra, Emanuel, enriqueceu. — Ela estralou os dedos. — Assim, da noite pro dia! Um ano depois de ficar rico, todo mundo da família tinha morrido, menos ele. Olha ele aí.

Ao lado do quadro, uma foto de pequenas proporções, emoldurada, de pouca nitidez, mostrava um homem passado dos quarenta anos vestindo roupas elegantes e posando ao lado de várias sacas de algodão. A elegância do homem cheirava a dinheiro, a poder. Mas o seu rosto... ali, sem nem saber o nome dele, eu via a sua alma arruinada, retorcida em remorso e angústia.

— Foi ele, foi ele, sobrinha, ele que assinou o Contrato. Uma mão, a desse homem, deu tudo pra gente, até hoje, mas o que se ganha com uma mão, o diabo tira com a outra.

"Diabo" — a palavra fazia redemoinhos na minha cabeça quando fomos interrompidas pela campainha. Senti um frio na barriga. Que coisa louca, né? Eu tentava não me importar, tô nem aí pra essas velhas, e de repente me pego querendo agradar, pensando: será que vão gostar de mim?

***

As duas outras tias entraram majestosas na sala.

Maria das Graças veio empurrada pelo motorista da família em uma cadeira de rodas. A outra, a segunda mais velha das três, tia Otávia, era a mais imponente delas, chiquérrima. Entrou na casa de óculos escuros. Usava a bengala mais bonita que vi na vida, sua empunhadura a cabeça de um leão. Não duvido que fosse de prata.

Tia Maria das Graças me avaliava de alto a baixo; disse pouquíssimas palavras. Tia Otávia, por outro lado, nada falou. Com a ajuda do motorista, que vou chamar de mordomo, porque sempre quis conhecer um mordomo, ela ficou pertinho de mim — senti o perfume fortíssimo, com gosto de frutas e cedro — e tateou o meu rosto. Ela era cega! Continuou me apalpando. Se deixou perder nos meus cabelos. Quando tocou meus brincos, soltou uma exclamação de satisfação. Passou os dedos pela minha boca, manchando de leve o meu batom. Aproximou os dedos manchados de batom dos próprios lábios e os lambeu.

Isso a fez sorrir.

Eu devia estar sob o efeito de uma magia, de um feitiço, porque não consegui me mover. As outras duas não piscavam, me encaravam, e isso me dava um puta desconforto.

Com satisfação crescente, tia Otávia apalpou meu corpo. Sentiu meu vestido, a ponto de em algum momento quase se ajoelhar para tocá-lo de alto a baixo, do ombro a barra. Também apalpou meu salto.

A investigação, porém, não tinha se concluído. Erguida, ela de repente meteu a mão entre as minhas pernas e agarrou, depois apertou, o meu pau!

Foi aí que a alegria sumiu de seu rosto. Decepcionada, sussurrou:

— Ah, a coisinha ainda está aí, hein?

Por fim, se afastou — a bengala fazia toc toc-toc no chão de taco —, se sentou em uma poltrona e suspirou. Suas irmãs voltaram a atenção para aquela sibila cega, e eu entendi que era dela o poder, era dela o mando, eram dela as chaves da casa.

— Bem-vinda, *queridinha* — tia Otávia disse.

* * *

Enquanto eu era apalpada, ou melhor, investigada, lembrei, sem saber o motivo, de algo que tia Josefa me disse antes das suas irmãs chegarem. À medida que as páginas dos álbuns de família se viravam, ela dizia coisas como "fomos durante muito tempo católicos", "aí viramos crentes", "parte foi pro espiritismo", "vivíamos no terreiro". Ela enumerou as fases religiosas dos meus parentes até um momento no qual, bem séria, afirmou: "nada funcionou muito bem. Hoje somos de tudo um pouco."

* * *

Perto da hora marcada para servir o almoço, as primas chegaram.

A chegada daquelas meninas, acompanhadas de alguns filhos, todos crianças, fez o apartamento das Graças florescer. As três tias claramente amavam aquelas moças. A idade delas variava, acho, entre 17 e 25 anos. Seus pais, os filhos das três bruxas, tinham morrido. Não gostei dos filhos das minhas primas, eram quatro garotos, coisinhas mimadas e ansiosas, viciadas em estufar o próprio peito. Queriam fazer brincadeiras chatas comigo, um deles até me chamou de "mulher do padre", o que de imediato o fez receber umas tapas da mãe.

As primas foram calorosas, me abraçaram, tiraram selfies comigo. Não paravam de falar. Várias me seguiam nas redes sociais e fizeram questão de enfatizar o quanto eu era FA-MO-SA. As três velhas, diante de tantas notícias do século XXI, no máximo levantavam uma sobrancelha, ou esboçavam um risinho (passei a amá-las por esse desprezo e outra vez quis que me amassem, por mais que eu detestasse em mim a vontade de ser amada por elas!). Me perguntaram sobre como é ser influencer, me disseram como amavam minhas dicas de livros e meus vídeos sobre política e cultura, me perguntaram se eu conhecia o Felipe Neto ou um ex-BBB ou algum global. Foi difícil fazer um mestrado em Filosofia? Qual seu pronome, qual seu pronome?

— Há poucos meses decidi que sou "ela" — respondi. — Mas ainda estou me transformando, ainda estou me encontrando dentro do meu pronome.

Elas, as primas, me aplaudiram e de maneira sincera me chamaram de sábia. Em nenhum momento os pais das crianças foram citados, nem qualquer namorado ou amante. As mães, viúvas dos filhos das tias, chegaram sim a ser citadas, embora sob o olhar de desagrado das tias.

***

Na mesa do almoço, quando foi servido um bacalhau, uma linda salada e deliciosos vinhos verdes, com direito a manjar de coco, pudim e cocada de sobremesa, nossas tias falavam frases fora de contexto, frases que vazavam de uma conversa secreta, vedada aos ouvidos das mais jovens. Imaginei algum episódio de *Fringe,* ou um filme de John Carpenter, um terror científico envolvendo telepatas, coisas assim.

Algumas das frases ditas por elas:

— Infelizmente, o homem ainda é necessário para alguns processos básicos.

Ou:

— Desses pequenos, planejamos alguma esperança que presta, mas talvez não seja necessário.

Ou:

— É preciso reabrir o Livro.

As minhas primas, embora eu tenha gostado delas, embora pudesse encontrar nelas a ideia de "amiga", ou até de "família", me passaram algo, no seu *zum-zum-zum*, nas matracas que não se calavam, que me trazia a imagem de uma colmeia. Eram fofas como uma Hello Kitty gigantesca, porém com asas de morcego. Não à toa, fiquei exausta, exausta. Após a sobremesa e o cafezinho, as tias trataram de expulsar as meninas.

— Vá descansar, menina, você está cansada — uma das três me disse, após me convencer a tomar um chazinho delicioso.

Só pude obedecer.

***

Me acomodaram no quarto da minha mãe, que foi rearrumado durante o nosso almoço. Os lençóis da cama, uma delícia. Os travesseiros tinham alma de pantufas acolhedoras e quentinhas. Com um cansaço incomum, mal houve tempo de processar se era estranho eu me deitar na cama onde ela se deitou durante boa parte da vida. Mal notei a decoração do quarto, cheia de estantes de livros e armários. Adormeci rapidamente.

***

Foi aí que me senti estranha. Tentei acordar algumas vezes. Me sentia tonta. Grogue. Quanto tempo tinha dormido? O quarto era só escuridão. Por que eu não conseguia me mover? Tentei chamar alguém, mas nada saía da minha garganta. Tentei gritar! Emparedada. Em seguida, noite, só noite, um peso de chumbo nos meus olhos.

***

Cheiro forte de alguma erva bem aromática. Não consegui me reconhecer, não consegui me localizar.

Enxerguei, ao redor da minha cama, as três tias, mas não entendi quem era quem, nem percebi o que faziam, ou o que vestiam. Tudo parecia nublado.

— ... o problema é ainda essa lâmina no meio das pernas...

É um sonho, com toda certeza, apesar de eu ouvir de uma delas:

— Durma...

***

Sim, com toda certeza eu estou sonhando.

Com a chave antiga, pesada, me dada de presente por tia Josefa, eu abri a porteira do Sítio Ruim. O sol se pôs, mas ainda há luz por toda a região do sítio, encrustado no meio do sertão alagoano. É um lusco-fusco belo. Ele enche a terra de tons dourados, rosados e azuis.

Não escutei sons de insetos, ou de aves e de outros bichos. O Sítio Ruim é seco. Do lado de fora, a terra é escura; dentro do sítio, é cor de cinza de cigarro. As árvores estão mortas; a grama, seca. Passo por um carro de boi destroçado no caminho que me conduz à casa principal da propriedade.

***

Era uma fazenda sem vida. O curral deserto, o chiqueiro das cabras arruinado e também deserto, a casa do vaqueiro fechada, tudo anunciava abandono. Certamente o gado tinha acabado e os moradores originais fugido.

O que eu estou fazendo aqui?

Fugindo da fome, eu e minha família: minha mulher, meus dois filhos, uma cachorra magricela. Para sobreviver, a gente destroçou um papagaio, o outro bicho de estimação da nossa família. A gente matou o bicho, chupou o seu sangue, sugou a gordura dos ossos, lambeu até só sobrar saliva e penas.

Penetrei num cercadinho cheio de plantas mortas, rodeei a tapera, vi um barreiro vazio, um bosque de catingueiras murchas.

Vertigens: ossadas e negrume de urubus.

Madeiras roídas por cupins. Teias de aranhas.

* * *

Estou em uma encruzilhada. A fazenda ficou distante, lá longe, e eu me afastei porque não aguentava a angústia no peito. Me afastei para não chorar na frente dos meninos. Ninguém merece ver choro de macho. Um deles tá vomitando. Todos têm uma doença que é fome.

De repente, no horizonte, uma nuvem de poeira levanta que nem um redemoinho. Mais um pouco e se aproxima um homem distinto, montado em um belo cavalo. O homem, cujo rosto nunca foi possível fixar na memória, usa um paletó de linho branco e um cravo negro na lapela.

O homem fala de manteiga, de queijo coalho, de nata, de água fresca, fala de carne assada, de todo tipo de doce gostoso. O homem fala de roupas novas, macias, de uma cama que não seja de varas de madeira. E o homem, distinto, fala mansa de doutor, com suas botas de couro caríssimas, pisa no chão como se esmagasse tudo que é de ruim no mundo.

É preciso só jogar um jogo, o homem diz.

— Tenho aqui duas pedras. Quem jogar a pedra mais distante ganha o Prêmio. Aí pronto: contrato firmado.

Não, eu tento dizer ao meu antepassado. Não jogue as pedras.

Porque ninguém que joga com o homem distinto vence. Porque o jogo não é sobre ganhar, perder, ou competir. O jogo é sobre o próprio jogo.

(É como seu eu dissesse isso para um Outre, que sou eu também. É como se minhas tias me falassem isso).

Mas a dor é grande demais. A mulher, os filhos, todos gemendo de fome, letárgicos — luz de lampião esmorecendo, luz fina na véspera de se apagar.

Ele, que não sou mais eu, ele, o homem da pintura na parede, o homem rico e miserável pendurado na casa das minhas tias, pega a pedra. E joga.

— Magnífico, magnífico — diz o homem distinto, após comparar as distâncias das pedras. — É indubitável: o senhor ganhou o jogo. Veja a distância da sua pedra! Veja a força dos seus braços, quanta potência!

Em seguida, estende a sua mão, que prontamente é apertada pelo vencedor.

**

Sinto que acordei, mas não estou na casa das tias. Ainda é o Sítio Ruim, a casa abandonada.

Como cheguei aqui? É óbvio que elas me drogaram e me trouxeram para cá. Mas é possível? Eu ficar desacordada tantas e tantas horas? Olho para mim mesma. Estou usando exatamente a mesma roupa, anéis, brinco, colar, sapato e vestido da hora do almoço. Sinto frio e tenho medo.

Aos meus pés, um lampião acesso. Eu o seguro — a luz picota minha percepção da ruína da casa onde cochilei. A luz cria sombras e texturas. O sol se pôs por completo. Saio da casa, e as estrelas se espalham, absolutas, faiscantes, pelo céu.

Mal dá para enxergar o Sítio Ruim. Eu sou um foco de luz frágil diante das garras daquela noite. Eu sou um pequeno farol naquela tempestade. O que aconteceu no sítio? Deixaram tudo para trás? Quando a sorte havia mudado e quando mudou de novo? Desde então, o Sitio Ruim está em posse da nossa família, amaldiçoado, temido pelos moradores da região, acorrentado em nosso calcanhar?

Não havia esse poço antes na frente da casa. Ou havia?

De dentro dele, rasteja para fora alguém. Eu sei quem ele é, por isso não o enxergo como um homem distinto. Tem olhos enormes, de camaleão, e é pura treva. Ele cambaleia em minha direção. Como é poderoso o homem do poço! E como é miserável. Eu gosto dele, eu tenho pena dele, eu o detesto.

Ele me propõe um jogo, e dentro do jogo eu sinto muito desejo no meu coração. Me diz: isso pode ser Isso, em definitivo. Aquilo pode ser aquilo. *Quem* você quer? (Na minha mão, seguro por segundos um espelho e me olho: depois, o espelho se esfarela.) É preciso apenas, diz o homem do poço, encurvado, rastejante, dois olhos de réptil no meu coração, ganhar de mim em um jogo.

Ele me dá uma pedra e fica com a outra.

— Quem jogar a pedra mais distante, ganha o Prêmio. Aí pronto: contrato firmado.

Estamos na encruzilhada, o homem do poço e eu.

Só há trevas e o meu lampião acesso. Até as estrelas apagaram. Aperto a pedra na minha mão, levanto o mais alto possível o braço, posiciono meu corpo. Os olhos mortos de peixe, enormes, me vigiam. Movimento meu braço e, de repente, eu engulo a pedra.

O homem do poço percebe tarde demais o seu erro. Foi aí que eu enganei o Diabo. Eu o quero, porém não o respeito, porque eu não quero realizar um desejo. Estou satisfeita de viver na minha travessia. Aprendi o quanto não há nada perfeito que não trinque tão logo o toquemos. Aprendi o preço das barganhas, e é o Diabo que gosta de um desejo realizado sem qualquer contradição. É ele que gosta de demarcar, com total precisão, o lugar certo das coisas. Trancar tudo em gavetas é a melhor forma de controle.

* * *

Abri os olhos e me vi na cama do quarto de hóspedes. Minhas tias choravam de alegria, me davam beijos, não paravam de evocar o nome da minha mãe. Estava tudo escuro, porém cada uma segurava uma vela acesa em um castiçal. De maneira gentil, elas perguntaram se eu precisava de alguma coisa. Fiquei surpresa com o quanto se tornaram calorosas, ao menos do jeito delas. No entanto, não pude deixar de notar, reluzindo num cantinho, um afiado punhal na mesinha de cabeceira do lado da cama. Tanto no cabo de ouro, quanto na sua lâmina, percebi inscrições cheias de simbologia.

— Faltou luz na cidade toda — elas me explicaram.

Velas brilhavam por todo o apartamento, criando uma constelação barroca. Nua, apenas com meus brincos, meu batom e meu colar no pescoço, saí do quarto da minha mãe e andei pela casa. O Recife, bom e morto, se dissolvia na noite. As três tias se dissolviam. Eu sentia o homem do poço por perto, serpenteando a casa na falta de luz, derrotado e cheio de fúria.

Pelos janelões da sala, eu vi, tomada de paixão e terror, uma lua cheia enorme, da cor de sangue, cravada no céu. A lua me sussurrava verdades sobre resgates e metamorfoses.

SOBRE OS AUTORES

ANA PAULA LISBOA nasceu no Rio de Janeiro e atualmente divide a vida entre a capital carioca e Luanda, onde dirige a Aláfia e a Casa Rede, espaços de produção de arte e cultura na capital angolana. Publicou contos e poesias em coletâneas nacionais e internacionais e, desde 2016, escreve periodicamente para a revista feminista *AzMina* e para o Segundo Caderno do jornal *O Globo*. Em 2021, recebeu o primeiro Prêmio Carolina de Jesus.

CRISTHIANO AGUIAR nasceu em Campina Grande, Paraíba. Autor de livros como *Na Outra Margem, o Leviatã* e *Gótico Nordestino*, ele é também crítico literário e professor. Formado em Letras pela Universidade Federal de Pernambuco (UFPE) e doutor em Letras pela Universidade Presbiteriana Mackenzie, Aguiar também foi pesquisador visitante nas universidades de Berkeley, Princeton e UCLA. Em 2022, ganhou o Prêmio Clarice Lispector, da Biblioteca Nacional.

FABIANE GUIMARÃES nasceu no interior de Goiás, onde cresceu e começou a escrever ainda criança. Jornalista formada pela Universidade de Brasília (UnB), é autora dos romances *Como se fosse um monstro* e *Apague a luz se for chorar*, obra finalista do Prêmio São Paulo de Literatura e do Prêmio Candango de Literatura.

JOSÉ FALERO nasceu em Porto Alegre e estreou na literatura com *Vila Sapo*, uma elogiada coletânea de contos. É também autor dos livros *Os Supridores*, finalista do Prêmio Jabuti 2021 e vencedor do Prêmio AGES, da Associação Gaúcha de Escritores, e *Mas em que mundo tu vive?*, além de publicar uma crônica semanal na revista digital *Parêntese*.

TANTO TUPIASSU, pseudônimo de Fernando Gurjão Sampaio, nasceu em Belém do Pará, cidade onde vive e de onde não pretende sair. Seu primeiro livro, *Ladir vai ao parque e outras histórias*, foi premiado e publicado pela Fundação Cultural do Pará em 2018, e o segundo, *Dois mortos e a morte e outras histórias*, best-seller da revista *Veja*, saiu pela Editora Rocco em 2023.

Impressão e Acabamento:
BARTIRA GRÁFICA